CRÔNICAS DE UMA VIDA EM QUARENTENA, MAS COM PITADAS FILOSÓFICAS

Editora Appris Ltda.
1.ª Edição - Copyright© 2021 dos autores
Direitos de Edição Reservados à Editora Appris Ltda.

Nenhuma parte desta obra poderá ser utilizada indevidamente, sem estar de acordo com a Lei nº 9.610/98. Se incorreções forem encontradas, serão de exclusiva responsabilidade de seus organizadores. Foi realizado o Depósito Legal na Fundação Biblioteca Nacional, de acordo com as Leis nos 10.994, de 14/12/2004, e 12.192, de 14/01/2010.

Catalogação na Fonte
Elaborado por: Josefina A. S. Guedes
Bibliotecária CRB 9/870

P477c
2021
	Petean, Antonio Carlos Lopes
	  Crônicas de uma vida em quarentena, mas com pitadas filosóficas / Antonio Carlos Lopes Petean. - 1. ed. - Curitiba : Appris, 2021.
	  115 p. ; 21 cm.
	
	  ISBN 978-65-250-1188-2
	
	  1. Ficção brasileira. 2. Vírus – Isolamento. 3. Fascismo. 4. Pandemia. I. Título.
	
	  CDD – 869.1

Appris
editora

Editora e Livraria Appris Ltda.
Av. Manoel Ribas, 2265 – Mercês
Curitiba/PR – CEP: 80810-002
Tel. (41) 3156 - 4731
www.editoraappris.com.br

Printed in Brazil
Impresso no Brasil

Antonio Carlos Lopes Petean

CRÔNICAS DE UMA VIDA EM QUARENTENA, MAS COM PITADAS FILOSÓFICAS

FICHA TÉCNICA

EDITORIAL	Augusto V. de A. Coelho
	Marli Caetano
	Sara C. de Andrade Coelho
COMITÊ EDITORIAL	Andréa Barbosa Gouveia (UFPR)
	Jacques de Lima Ferreira (UP)
	Marilda Aparecida Behrens (PUCPR)
	Ana El Achkar (UNIVERSO/RJ)
	Conrado Moreira Mendes (PUC-MG)
	Eliete Correia dos Santos (UEPB)
	Fabiano Santos (UERJ/IESP)
	Francinete Fernandes de Sousa (UEPB)
	Francisco Carlos Duarte (PUCPR)
	Francisco de Assis (Fiam-Faam, SP, Brasil)
	Juliana Reichert Assunção Tonelli (UEL)
	Maria Aparecida Barbosa (USP)
	Maria Helena Zamora (PUC-Rio)
	Maria Margarida de Andrade (Umack)
	Roque Ismael da Costa Güllich (UFFS)
	Toni Reis (UFPR)
	Valdomiro de Oliveira (UFPR)
	Valério Brusamolin (IFPR)
ASSESSORIA EDITORIAL	João Simino
REVISÃO	Andrea Bassoto Gatto
PRODUÇÃO EDITORIAL	Bruna Holmen
DIAGRAMAÇÃO	Yaidiris Torres
CAPA	Daniela Baumguertner
COMUNICAÇÃO	Carlos Eduardo Pereira
	Débora Nazário
	Kananda Ferreira
	Karla Pipolo Olegário
LIVRARIAS E EVENTOS	Estevão Misael
GERÊNCIA DE FINANÇAS	Selma Maria Fernandes do Valle

SUMÁRIO

HERÓIS 7
ESSA VIDA BALBURDIANA QUE AMAMOS 9
QUE A MEMÓRIA DA PANDEMIA SE FAÇA ANTÍDOTO 13
UM TORTURADOR NA QUARENTENA 17
O BANQUETE DE HADES 21
"A ARQUITETURA DA DESTRUIÇÃO" NOS TRÓPICOS 23
A MANIPULAÇÃO DA ANSIEDADE NA ERA DA TENDINITE E DO BOI BOMBEIRO 25
E A SAÚDE VAI BEM? 29
UM CERTO CUIDADO COM A EUFORIA 33
MEU PEDIDO DE NATAL NESSA PANDEMIA 35
O IMAGINÁRIO DE QUARENTENA. SERÁ? 39
CARTA DE UM PROFESSOR AOS ALUNOS DE ONTEM E AMIGOS DE HOJE 43
OS CHEIROS DA INFÂNCIA E O DESEJO NESSA INFINDÁVEL QUARENTENA 47
SONHAR NA QUARENTENA 53
A PANDEMIA, O DIREITO E O ENVELHECIMENTO 57
A REPÚBLICA DE WEIMAR RUINDO EM PLENA PANDEMIA 61
CRÔNICA DO DIA A DIA 65
UMA PEQUENA REFLEXÃO 67
MAIS UM *LOCKDOWN* 69
A MOÇA DO CAIXA 71
CRÔNICA SOBRE DOIS MUNDOS DISTANTES 75
VACINAÇÃO EM MASSA 77
CRÔNICA SOBRE A ESCOLHA, A ANGÚSTIA E A PANDEMIA 79

MODERNAS CAPITÃS DO MATO 81
SIGO DE QUARENTENA ENTRE A ROLETA RUSSA E O VOYEURISMO 85
OS SOFISTAS NESSA VIDA REMOTA, DIA APÓS DIA 87
E POR FALAR EM COPÉRNICO 89
E SE UNAMUNO ESTIVESSE VIVO! 91
LORCA MORA AO LADO 93
QUE DEUS É ESSE? 97
NÃO SOU ÉDIPO REI 99
OS PERFUMES E A CAÇAMBA 101
REBELDIA 105
POR FALAR EM RARIDADE 109
A QUARENTENA E AS AULAS REMOTAS 111
A VOLTA 113

HERÓIS

Outro dia, ouvi de um "nobre" educador e pesquisador o seguinte comentário: "A pandemia e o momento político estão contribuindo para que uma parcela da população brasileira revele sua face sombria, pois muitos conterrâneos saíram do armário e não se envergonham de mostrarem-se xenófobos, racistas, preconceituosos, amantes do patriarcalismo e do sexismo". Brilhante descoberta, pensei. São as descobertas tardias de um homem branco da classe média, opositor e professor, como eu.

Entretanto, penso que suas palavras escondem algo mais. Creio que elas demonstram que o foco é sempre o outro, que não há autoanálise. Digo isso porque, para mim, esse momento político e pandêmico também revelou a nossa impotência, nossos medos e o quanto alguns são privilegiados, pois podem ficar em casa, com aulas remotas, seguindo as regras sanitárias.

Ao falar "privilegiados" não estou criticando, apenas apontando que existem aqueles que gozam de certa zona de conforto e outros não. Basta pensarmos nos ônibus lotados e nos motoristas, nos coletores de lixo, nos profissionais da saúde, nos homens inseridos no aparato de segurança pública. Ser herói, gritar, ir às ruas, aparentar heroísmo em tempo de paz é fácil. Mas em tempos de guerra...

Creio que para viver de forma altruística, amar, entregar-se à vida política, à vida acadêmica, e apaixonar-se por ideologias, é necessária uma dose de autoilusão. E cada uma dessas instâncias exige doses diferentes. Sempre nos embriagamos, mas, em alguns, a bebedeira passa, fica o gosto amargo na boca, a ressaca, as dores, e aí sim, pode ser que o processo criativo apareça, manifeste-se em palavras e versos. Talvez, a dor, a lucidez e o ceticismo reflitam o fim da embriaguez. O difícil não é iludir-se, mas viver sem algumas doses, sóbrio, sem paixões e com uma enorme ressaca, sabendo que os heróis morrem nos porões das ditaduras, ou fuzilados, mas não de overdose. E quanto aos inimigos... Agora, ocupam vários poderes.

ESSA VIDA BALBURDIANA QUE AMAMOS

Creio que eu possuo uma memória fotográfica, talvez a de um paquiderme orelhudo. Recordo-me de pequenos detalhes que gostaria de esquecer e dos grandes que adoraria reviver. Mas o tempo corrói todos e, depois, só me resta o consolo oferecido pelas lembranças. Mas sou ingrato e culpo essa bendita – ou maldita – memória pela saudade que às vezes sinto, pelas recordações que me deixam ansioso e inseguro.

Lembro que no dia três de fevereiro de dois mil e vinte, no início do ano letivo, eu estava na cantina da universidade, degustando um cafezinho, pensando na última eleição presidencial e no "inominável" ser que saiu vitorioso das urnas. Tranquilamente, eu refletia se os agressivos discursos direcionados às universidades públicas brasileiras eram incentivados pelo clã presidencial. Como os ataques continuaram, por meses e meses, minhas suspeitas permanecem vivas. Por isso, hoje, desconfio que o "Messias" possui um grande desprezo pelo meio acadêmico e cada palavra pronunciada por ele revela ressentimentos. Esse é um sentimento perigoso que, inevitavelmente, transforma-se em ódio e termina acasalado com o mal.

Creio que o "inominável" talvez tenha sofrido algum tipo de trauma, não específico, mas que gerou um forte ressentimento em relação à academia. Sei lá. Além disso, analisando seus discursos é impossível não perceber que ele flerta com o fascismo. Por isso, suspeito – apenas suspeito – que o atual mandatário tenha uma enorme admiração pelo falecido Duce, ou por Franco, ou Pinochet, ou Salazar. Vai saber se o espírito de um desses não invadiu o corpo do inominável! Bem, se isso aconteceu, basta ele pedir socorro e dizer que deseja ser exorcizado. E como não faltam "religiosos" exorcistas nestas terras, o socorro será rápido. Não sei se é verdade, mas ouvi dizer que existe até um pronto socorro para encostos.

Agora, depois de meses de quarentena, distante da sala de aula, dialogando com minhas memórias, sinto saudade das discussões acadêmicas, dos corredores universitários e de assistir as assembleias, repletas de vozes heterogêneas. Lembro-me dos debates acalorados, dos acordos e desacordos salutares, das reuniões dos conselhos, das infindáveis e ricas lutas ideológicas, com seus acampamentos e trincheiras de todas as cores. Algumas desbotadas, outras inflamadas, mas todas, indiscutivelmente, todas, sempre vivas!

Reflito sobre o romantismo contido nos sonhos que circulam dentro dos muros das universidades, nas amizades e inimizades, nos laços indestrutíveis, nas críticas reais e imaginárias, nas polêmicas aulas, nos deliciosos intervalos e nos saborosos cafés, que partilhava com alunos e alunas. Esse saudosismo é inegável. É ele que me faz percorrer mentalmente os institutos das humanidades e sentir imensa saudade da fértil "balbúrdia" das pesquisas teóricas e de campo; e depois, imaginando percorrer outros institutos e departamentos, penso na "balbúrdia" da teoria do caos, na riqueza dos laboratórios com seus infindáveis experimentos e na "balbúrdia" das nanopartículas e as possibilidades de inovações que elas permitem.

Como pensar não é proibido, penso na luta dos residentes e professores salvando vidas nos corredores "balburdiamos" dos hospitais universitários, que agora estão repletos. Também não me esqueço da "balbúrdia" saudável que as artes causam em cada um de nós. Contestatória, pulsante e rebelde, a arte é imprescindível.

Isso é vida fervilhando, profundamente dedicada à ciência, ao conhecimento e à democracia. Essa é a vida que alguns senhores de coturnos e fardas querem corroer e destruir. Diante deles estejamos alertas, porque determinadas ações e discursos políticos têm como meta transformar as universidades públicas na versão brasileira da faixa de Gaza. Por isso, creio que devemos nos espelhar nos jovens palestinos, que não se rendem e se negam a acreditar na ausência de futuro. Façamos como eles, vamos resistir e não vamos nos curvar diante da violência do agressor. A democracia não é feita em silêncio, sem vozes inflamadas e sem debates acalorados. Que ninguém dentro das universidades e fora deixe de sonhar e gritar: "Viva nossa rica 'vida balburdiana!'".

Caros amigos, alunas e alunos, essa é a vida que deve ser cantada em verso e prosa, que não pode morrer e que nos salva das mesmices que esse pobre "mito" deseja implantar, impedindo que os sonhos se concretizem. Esse inominável ser, seguidor de um deprimente astrólogo que se diz "filósofo", não aceita a felicidade e sente inveja de todos que ousam pensar além e aquém do seu estreito universo militarizado e virótico. Diante dele, a resposta deve ser simples: continuaremos ousando amar e sorrir porque a estupidez não pode vencer os nossos sonhos e o prazer de buscar uma rica felicidade que fez residência na anarquia nossa de cada dia. Vamos gritar: "Somos balburdianos sim! Somos aqueles que não se rendem à tirania, que não se rendem aos fascistas, porque amamos a liberdade, amamos amar!". Essa deve ser a nossa escolha, uma escolha coletiva, que demonstre nosso inconformismo e tenha como meta a liberdade, mas sem angústias.

Não devemos nos esquecer de que outros podem escolher caminhos diferentes, afinal, o homem, segundo J. P. Sartre, é um ser livre, e por ser livre é que ele não tem como esquivar-se do ato de escolher. Mas isso não quer dizer que ele não deve ser responsabilizado pelas suas escolhas. Meus caros, somos fruto das nossas escolhas. Somos responsáveis por elas.

Sei o que escolhi nesse momento e sigo torcendo para que esses dias de confinamento fiquem gravados em nossa memória, como uma vacina contra a tirania, a violência e a mesmice. E como as lembranças se converteram em expectativas de futuro, aguardo todos para um cafezinho na cantina, recheado com muita prosa, sem máscaras e distante das míseras *fake news viróticas* que navegam nesse panóptico mundo pandêmico. Que os reencontros não demorem, que sejam férteis e que possamos discutir livremente a biopolítica que nos foi imposta. Tenho certeza: não nos faltará material para as discussões. Só não digam que Foucault não nos alertou!

QUE A MEMÓRIA DA PANDEMIA SE FAÇA ANTÍDOTO

Recordo-me que numa manhã, no primeiro ano pandêmico, causado pelo Sars-CoV-2, acordei bem cedo pensando em ir à padaria para comprar pães, queijo e manteiga. Não é costume, mas nesse dia abandonei minha rotina, não comi frutas no café da manhã, divorciei-me da granola e do suco de laranja e resolvi tomar um café e comer um pãozinho quente com manteiga, mas em casa, mantendo-me fiel à quarentena. Fui à padaria.

Lá chegando, observei que havia um policial militar, com uma máscara pendurada na orelha esquerda, como se fosse um brinco. Ele, ao mesmo tempo em que saboreava seu café tentava convencer a balconista sobre a importância de termos uma pessoa como o "Messias" exercendo a presidência. Lembro que ele enaltecia o governo federal, mentia sobre os imaginários feitos do seu "mito", sobre obras, mas, francamente, não havia necessidade dos mais curiosos aproximarem-se para ouvir o que ele dizia, pois o tom da sua voz permitia que todos na padaria ouvissem suas opiniões. Creio que até a vizinhança ouviu. Isso não quer dizer que ele estivesse pregando, apesar de parecer um pastor. Posso estar errado, ou sendo indelicado com aquele "policial pastor", mas que eu saiba, Deus não é surdo. É onipresente, está em todos os lugares, até nos balcões das padarias. Então aquele que deseja falar com o "todo poderoso" pode diminuir o tom da voz.

Não foi possível evitar, ouvi suas explicações e senti uma imensa saudade da minha cama. As teses mirabolantes que aquele "representante da força" usava para convencer a balconista assustaram-me. Então, respirei fundo e, com certo receio, disfarçadamente, dirigi-me ao balcão e fiz meu pedido. Pedido feito, peguei minhas compras, paguei e voltei para casa refletindo sobre os discursos do "policial pregador" e a possível relação deles com o apagamento da memória coletiva, tão comum nessas terras. Não foi a primeira vez que me defrontei com um policial defendendo o atual governo, assim como não me assusto quando presencio policiais agredindo manifestantes que se posicionam pela democracia e contra o fascismo. Outro dia vi pela TV um cartaz que dizia "FASCISTAS NÃO PASSARÃO" sendo rasgado.

Interpreto esse ato como uma clara tentativa de calar a memória.

Por isso defendo que a sociedade civil reflita e se posicione sobre as ações dos policiais militares e civis, sobretudo, nesse momento de profunda crise da democracia brasileira. Penso que a polícia, além de ser extremamente opressora, não é nada republicana, e essa falta, infelizmente, transforma-a em inimiga de uma parcela da sociedade. E se alguém duvida dessa inimizade que digo, basta perguntar para a população negra e periférica sobre as abordagens e investigações policiais.

Não sei se baseado num frágil empirismo ou na mera intuição, percebo que uma parte dos policiais, em todos os estados, foram seduzidos e abduzidos pelo "Messias". A minha intuição diz que muitos se identificam com tudo o que Bolsonaro representa: o patriarcalismo, o sexismo, o machismo e a autorização para matar sem temerem julgamentos e condenações. Essa identificação pode ser resultado da falta do espírito republicano. Mas também existem os policiais contrários ao fascismo, e exemplos não faltam.

Nesse momento de crise sanitária, epidemiológica e do bom senso, temo que os homens que deveriam zelar pelo cumprimento das leis possam invadir hospitais para conferir se os profissionais da saúde estão "INFLANDO O NÚMERO DE MORTOS" pelo Sars-CoV-2. Imaginar uma ação dessas não é alucinação minha. Esse temor nasceu depois que a mídia mostrou um delegado invadindo um hospital na cidade de Vitória com a intenção de confirmar se os profissionais da saúde estavam ou não inflando o número de óbitos. Foi uma bela jogada sair na mídia dessa forma. Talvez, esse "agente da lei" acabe sendo eleito prefeito de alguma cidade.

A mídia fala na necessidade de nos adaptarmos a um suposto "novo normal". Creio que esse tal de "novo normal" já estava em andamento com a galopante banalização da violência, agora intensificada de forma proposital. Por isso a insônia não me abandona e, sem descanso, fico imaginando a saturação dos hospitais, a falta de leitos, a população irada e um "presidente" incentivando, via *fake news*, ataques aos profissionais da saúde. Imagino que o "novo normal" será marcado pela indiferença em relação à morte, pelo uso de máscaras, pela ausência de espírito republicano e pela condução do comportamento por meio das *mídias*.

Quanto a mim... Espero dormir melhor nos próximos dias, neste confortável sofá, pois tive um pesadelo nesta madrugada e nele o "inominável" presidente pedia, tranquilamente: "Invadam os hospitais!" Matem os opositores! Matem a esquerda! Matem os democratas!". E, ao longe, compondo esse cenário, havia uma canção que dizia: "O Haiti não é aqui, mas Saravejo ou Ruanda pode ser aqui".

Então, só me resta imaginar que esses dias de sofrimento e confinamento ficarão gravados em nossa memória como um poderoso antídoto. Opa! Acabo de receber uma notícia: "Alunos são aplaudidos na volta às aulas numa escola particular na zona norte do Rio de Janeiro". Bom... Depois do ensino presencial, do EAD, do ensino remoto, conviveremos com o ensino holocausto, mais limpo, sem câmaras de gás, fuzilamentos e trens da morte. Mesmo assim, sigamos em quarentena, mas cuidado com os cafezinhos na padaria e nada de máscaras ornamentando o pescoço!

Se eu fosse obrigado a definir, a dar minha impressão sobre nossa sociedade, iria dizer que estamos divididos em colmeias, repletas de abelhas que dia e noite trabalham, consomem energias, devoram as flores. Colmeias inimigas que sabem que não há matéria-prima para todas. Qual sobreviverá? Não sei. Dependerá da voracidade de cada uma.

É assim nesta Ribeirão Preto e neste país, num dia qualquer do inverno pandêmico de 2020.

UM TORTURADOR NA QUARENTENA

No décimo segundo dia dessa quarentena, sentado à beira da cama, uma moleza dominava meu corpo, acompanhada por uma enorme vontade de espreguiçar-me na poltrona da sala. Isso era tudo o que eu desejava nesse dia que guardo na memória. Ficar sentado por horas, sem movimentar um dedo do meu corpo, sem pensar em nada, em completa desatenção, era o meu mais sublime desejo nesse dia. Meu corpo desejava ficar inerte, mas a cabeça não ficou. Então, tomei atitude, levantei-me da cama, fui para a sala e lá fiquei estirado na velha poltrona, pensando. Confortavelmente sentado, fiquei refletindo sobre como os intelectuais definem caos ou anarquia social.

Lembro-me que essa questão percorreu minha mente logo ao acordar, afinal, seria mais um dia penoso e não teria como evitar pensamentos sobre um possível cenário de caos social diante do que se tornava cada vez mais evidente para mim: a pandemia, causada pelo coronavírus desencadearia o genocídio dos afro-brasileiros e indígenas.

Pensei nessa questão ao tomar ciência das ações do governo federal, ou melhor, como ele estava gerenciando a crise sanitária. Ao pensar na administração da pandemia, enquanto uma prática genocida, relacionei-a ao "mito". Acredito que não foi exagero da minha parte ou que eu tenha falado de forma irrefletida. Também acredito que eu não cometera equívocos de avaliação sociológica. Assim espero! Caso contrário, pedirei desculpas a Marx e a Benjamin.

Incomodado, perguntava-me se, por parte do governo e seus seguidores, não haveria outra sinistra intenção. Hoje, ainda sofrendo com a insônia, imagino que num cenário de caos será mais fácil eliminar opositores, principalmente se estiverem em isolamento social. Entendam que essa frase não é uma manifestação contra a quarentena. Depois de meses confinado penso que o aspecto mais interessante desse processo que vivenciamos é a capacidade de interferir no nosso emocional.

Recordo que, numa determinada semana, no meio dessa quarentena, a sociedade foi bombardeada por opiniões em defesa da cloroquina-tubaína, pela divulgação de uma sinistra reunião ministerial, pela entrega ou não de um celular, pela ameaça de um general e, para fechar o circo de horrores, um ministro falou em aproveitar a pandemia para passar a boiada. Penso no simbolismo do termo "passar a boiada".

Esses acontecimentos, numa sequência temporal, mexeram com o emocional e causaram incertezas políticas. Planejado ou não, é inegável que esse bombardeio de informações há tempos movimenta nossos sentimentos, nossas possibilidades de análises, nossas memórias e até a nossa organização do tempo. E, quanto às refeições... Às vezes acontecem, mas sem uma hora definida. Ou nem acontecem, pois o estresse avança como um tsunami e só com muito ansiolítico ele será detido. Pode ser com medicamentos naturais ou garrafas de vinho.

Creio que devemos interpretar essa crise sanitária com outros parâmetros. Não aceito o termo desgoverno e continuo me perguntando se fazemos parte de um experimento de reengenharia social.

O governo do "mito" está colocando em cena outra forma de gerenciar o poder. Isso inclui a administração da morte como política pública ao mesmo tempo em que dá sequência à destruição dos contratos sociais que alicerçam o que chamamos de civilidade. Suspeito que o "inominável" e os membros do seu governo tenham como meta a ruptura de todos os contratos sociais que garantem um viver razoável. Se isso for uma "verdade", então a lógica que pretendem impor será: valorizar a força para preencher o vazio que essa destruição programada gerará. Apostar na força e não no consenso, como mecanismo de refundação societária, é subverter a frase de Rui Barbosa: "A força do direito deve superar o direito da força".

Esse governo gerência a morte, a destruição e o medo. Estamos diante de algo novo, por isso não creio que seja um desgoverno. Para mim, essa engrenagem de todos os meses denuncia, tão somente, quem está tentando reger a vida e a morte. Bem, como eu disse, fomos jogados para a discussão sobre o uso ou não da cloroquina, depois ocorreu a divulgação de uma reunião ministerial, o suspense sobre a apreensão do celular do "mito", e depois virou notícia um acampamento em Brasília chamado "trezentos". E não se espantem se as falas estapafúrdias dos ministros saírem estampadas em camisetas verdes amarelas, alimentando o imaginário daqueles que desejam fechar o STF e o Congresso Nacional, afinal, somos um povo cuja memória coletiva encontra-se enfraquecida. Mas o "inominável" e os cavaleiros da "Távola Quadrada" continuam seguros em seus gabinetes, alimentando os fanáticos de plantão.

Se isso é ou não um desgoverno, só o tempo irá comprovar, mas acredito que ele aposta mesmo é no caos e, a partir dele, construir uma "nova ordem", baseada nas armas. Quanto ao caos... Ele não virá aleatoriamente, pois terá a companhia histórica do genocídio de pobres, negros, idosos, pessoas com doenças crônicas e opositores. Então, coragem irmãos, pois essa novela sem fim irá nos causar muito sofrimento. Mas que o sofrimento e a dor fiquem em nossa memória coletiva como um aprendizado social e um forte antídoto.

Opa! Acabo de receber a notícia sobre um novo tratamento para destruir o coronavírus no corpo humano. Ele consiste em "injetar" ozônio no ânus. Sinceramente, só espero que esse tratamento não aumente o "buraco na camada de ozônio" (Ribeirão Preto, ontem, hoje e, bem provável, que amanhã e depois de amanhã).

O BANQUETE DE HADES

Hoje é o centésimo quinto dia que estou confinado e só agora percebo o que esse isolamento desencadeia e tem provocado. Do meu quarto observo a lua, que olha para mim um pouco tímida, como se estivesse me dizendo: "Ainda estou aqui, encoberta pela fumaça, mas aqui, solitária! Você está me vendo?".

A reclamação dela é válida, pois passei meses sem observá-la, sem ao menos me deixar encantar pelas suas formas, porque, aqui embaixo, as atrocidades são tantas que esqueci de apreciar a beleza, intrínseca a essa companheira de muitas jornadas. Deixei de observá-la e condeno-me por esse erro. Não sei como redimir-me, mas juro ser mais atencioso com ela e notar as diversas fases dessa eterna inspiração poética. Prometo que as formas dessa nobre amiga não passarão despercebidas e, quando ela iluminar meu quarto, ser-lhe-ei grato, não importando se ela irá apresentar-se crescente, minguante, nova ou cheia. As fases pouco importam, apesar da lua cheia sempre deixar um rastro que encanta poetas e amantes.

Sei que todas têm certo charme, embora muitos não se importem, nem observem. Assim como não importa para muitos cidadãos desta terra que o número de mortos e de sequelados pela Covid-19 continue aumentando e as chamas que cobrem o pantanal, a serra da Capivara, o Parque das Emas e outros, continuem ardendo anos após ano. Apesar das mortes, das chamas e do descaso, procurarei não me esquecer da minha amiga lua, e observá-la será minha meta, pautada pela sensatez que se extingue nessa terra a cada dia.

Entretanto, amanhã o deus Sol dará as caras novamente e, com ele, a luz, o saber e as altas temperaturas. Os antigos gregos acreditavam nos poderes de Apolo e procuravam não o ofender para não terem que provar da sua ira. Mas alguns conterrâneos, que foram infectados pelos dólares obtidos com o agronegócio, não temem a irá do deus Sol e demonstram não terem empatia com o ecossistema. Os incêndios, ano após ano, continuam transformando em cinzas os campos gerais, as serras e as matas. E os insensíveis, com suas motos serras, escavadeiras e explosivos, não se inibem, arrancam do ventre da senhora Gaia tudo aquilo que possa ser convertido em royalties. Muitos não têm consideração, não pedem licença e nem sentem remorso. É isto: a Lua sendo esquecida, as labaredas avançando, o remorso extinguindo-se e a flora e fauna pedindo socorro nesse nosso desterro, onde muitos se dizem livres e mentem dizendo estarem sexualmente satisfeitos.

Agora que a noite avança, aqueço-me junto ao fogão a lenha para ouvir as histórias de velhas senhoras nos alertando para temermos o poder do deus Sol, e não maltratarmos nossa amiga Terra, porque o deus Hades, que apenas deseja receber velhos corpos amaldiçoados pela vida, aguarda-nos nas entranhas do subsolo. Entretanto, creio que o deus das profundezas não terá que esperar muito para se banquetear. Enquanto isso, a minha amiga Lua, lá do alto, ouvindo estas palavras e percebendo as chamas varrendo a vida, deixa cair suas últimas lágrimas. Quanto a nós, creio que só nos resta contemplarmos essa garoa na companhia dessas senhoras.

"A ARQUITETURA DA DESTRUIÇÃO" NOS TRÓPICOS

Em fevereiro de um ano qualquer, percorrendo a velha Avenida Paulista, observando os resquícios de outras eras, lembrei-me do "teórico" francês Arthur de Gobineau, defensor incondicional do "racismo científico". Talvez, a Avenida Paulista, antigo lar dos barões do café, tenha contribuído para que eu me lembrasse das ideias contidas no livro *Ensaio sobre a desigualdade das raças humanas*, de autoria desse "nobre" e tétrico personagem da História francesa. E, por coincidência, ao entrar numa livraria naquele dia ensolarado de fevereiro, deparei-me com sua obra.

Nela, estão as pérolas e os malabarismos teóricos que dão sustentação ao pensamento racista e ao comportamento daqueles que insistem em reeditar a antiga sociedade escravocrata e o mando da casa-grande, que agora se esconde dentro das muralhas de modernos condomínios, que mais se parecem com os atuais edifícios penitenciários. A diferença entre essas duas "joias" da arquitetura moderna é simples: uma foi projetada para ninguém entrar, enquanto a outra foi erguida para ninguém sair. Pensando bem, já observaram como nossas escolas, com seus muros altos, cercas de arame farpado e elétricas, pregos e cacos de vidros, também guardam semelhanças com as penitenciárias e os condomínios de luxo?

Segregação e higienização, infelizmente, sempre presentes!

Creio que a elite branca paulistana tenha se encantado com as ideias de Gobineau, por isso planejou e executou um trabalho de higienização num determinado espaço da capital e batizou a região com o nome de Higienópolis. Assim nasceu um *bunker* para a classe média paulistana, que esperava ficar livre das epidemias e dos indesejados negros e mestiços; e ainda tentaram convencer nossos ancestrais de que era só uma mera construção da rede de esgotos!

Já no estado do Rio de Janeiro, a atual política pública higienista tem como aliada a tecnologia militar, em plena pandemia causada pelo Sars-CoV-2. Basta observarmos a ação do chamado "caveirão voador". Essa máquina voadora realiza uma verdadeira caçada urbana cujo alvo principal é a população negra e pobre das comunidades carentes cariocas. Outro dia li nos jornais que alguns governos estaduais pensam em importar a experiência do Rio de Janeiro com o "caveirão". Aqui vai meu alerta para todos que desejam esse tipo de objeto em seus estados, sobrevoando as cabeças dos mais vulneráveis: "Num belo dia, ensolarado, com boa visibilidade, lá do alto, esse objeto macabro alvejou alguns adeptos das religiões de matriz africana no exato momento em que realizavam um culto".

Não é exagero imaginar que o atirador, em contato com as nuvens, definiu o alvo segundo critérios fenotípicos e religiosos. E, na certa, não teve crises de ansiedade, e nem remorso.

Porém, depois de pensar nos muitos Gobineaus que há entre nós, acabei comprando a obra do conde para tentar entender esta estranha terra, que sofre de uma doença nova: a fobia em relação a todos que ousam defender e exercer suas diferenças. Cabelos afros, presente! Comunidade LGBT+, presente!

Ribeirão Preto, julho de 2020.

A MANIPULAÇÃO DA ANSIEDADE NA ERA DA TENDINITE E DO BOI BOMBEIRO

Estamos no mês de outubro de 2020, cercados por *fakes* e notícias sinceras sobre os incêndios que atingem nossos ecossistemas, assassinando-os. E no meio dessa balburdia informativa, ainda ouvi uma pérola verborrágica: "Ninguém pode obrigar ninguém a tomar vacina". Essa frase é do mais novo "Messias" que circula entre nós e, do Oiapoque ao Chuí, caminha sobre o fogo "eterno". Enquanto ele "fala", a Rússia já registrou a primeira vacina contra a Covid-19. Registro realizado em 11 de agosto de 2020.

Segundo informações das agências russas, o que diferencia essa vacina das demais é o uso de dois adenovírus, um chamado de Ad5 e o outro de Ad26. Ouvi dizer que as demais usam apenas um. Mas qual a diferença? A diferença é que ao usar os dois vetores, a vacina russa usa um vetor na primeira dose e o outro na segunda dose. E o que isso implica? Não sei, assim como também não sabem aqueles que torcem para essa vacina estar disponível o mais rápido possível. Um detalhe: a segunda dose é aplicada depois de 24 dias. Enfim... Que ela chegue logo e que ninguém atrapalhe, né? Mas atenção!

Segundo os jornais de Moscou, a vacina deve ser aplicada com cautela em pessoas com problemas cardiovasculares, hepáticos e renais, e ainda alerta que pessoas com diabetes, epilepsia, AVC e outras doenças do sistema nervoso central devem ser acompanhadas após tomarem a vacina. A vacinação da população russa requer um plano prático e logístico monumental, pois a população russa é de aproximadamente 145 milhões de pessoas, comunistas ou não, e que isso fique claro. Portanto, a cobertura de toda essa população, ou melhor, a vacinação em massa implicaria em milhões de doses na primeira fase (com um vetor) e outros milhões de doses na segunda fase (com o outro vetor).

Bem, é prudente nos perguntarmos: depois da população russa ser amplamente vacinada, essa vacina seria fornecida para outros países? Para ser produzida fora do seu território, a Rússia aceitaria a transferência de tecnologia? Se não for produzida em outros países, teria que ser transportada. Então, quais seriam os primeiros países a receberem essa carga? O governo brasileiro facilitaria o acesso a ela? Muitas são as perguntas e devemos ficar desconfiados, afinal, o "inominável mito" segue apostando numa tal "imunidade de rebanho".

Quanto às questões técnicas e científicas: pesquisadores na área de virologia estão preocupados e alertam que a vacina russa não seguiu os protocolos estabelecidos pela comunidade científica, e também existe o temor de que uma vacina que apenas ofereça proteção parcial, russa ou não, possa causar uma mutação no vírus, apesar das mutações serem imprevisíveis.

Ora, ninguém precisa ser um especialista para imaginar que mutações já devem estar ocorrendo. Mas os russos disseram, em setembro de 2020, que a vacina é segura e que a vacinação em massa seria a partir do mês seguinte (outubro de 2020). Uma data significativa que me fez recordar a Guerra Fria, e para isso o nome da vacina também contribui, pois ela foi batizada com o nome: SPUTNIK.

Espero e torço para que ela seja realmente segura. Mas Putin não arriscaria seu capital político e a vida dos seus cidadãos. Por enquanto, creio que devemos nos preocupar com algumas questões técnicas, pois a ciência tem seus protocolos, métodos e procedimentos. E se os opositores do "mito" criticam a extrema direita pelo seu negacionismo, seria prudente ouvir o que a comunidade científica diz sobre a vacina russa e as demais. Afinal, não dá para criticar os negacionistas da extrema direita e fazer vista grossa para o que os cientistas dizem sobre todas as vacinas.

Sei que não aguentamos mais o confinamento, entretanto, creio que ele se estenderá por muito tempo. Infelizmente, a crença na imunidade de rebanho derrotou aqueles que defendem a quarentena, mas, por favor, não falem: "Se já tomei vodca em garrafa plástica, por que não tomarei a vacina russa?". Sejamos racionais, menos emocionais, apesar da angústia. Afinal, as incertezas também fazem parte do mundo científico.

Enquanto isso, neste quente outubro de 2020, tomado pela fumaça e por incêndios, o ministro da Saúde afirma que todos devem tomar vacina contra a Covid-19, mas os negacionistas seguem atuando, espalhando *fake news* para induzirem as pessoas a acreditarem que algumas vacinas são produzidas com células de bebês abortados. Outras *fakes* dizem que a vacina produzida pela China e pelo Instituto Butantã contêm um tal "chip" para rastrear aqueles que forem vacinados. E a criatividade assassina é tão "fantasiosa" que até feto de rato aparece nas propagandas contra as vacinas.

Embora os resultados de todas elas sejam promissoras, o governo não deu a famosa canetada obrigando a população a se vacinar, porém, continua dizendo: "O Brasil acima de tudo, Deus acima de todos".

Diante desses fatos faço um alerta para tomarmos cuidado com a manipulação da ansiedade. Atenção mesmo, pois essa manipulação não é novidade, ela é conhecida por todos que sofreram torturas, pelos seus algozes e por aqueles que idolatram torturadores.

Mas a loucura assassina não se limita aos negacionistas, pois os incêndios criminosos avançam sobre a Amazônia, o pantanal e o cerrado. Enquanto as labaredas avançam, a ministra da Agricultura segue tentando explicar e "convencer" a nação de que o fogo no Pantanal poderia ter sido evitado se mais bois estivessem pastando por lá e a boiada se alimentando com o capim seco.

Após ouvir essas sábias palavras pensei em dizer para a ministra: "Minha senhora, concluo, a partir da sua fala, que se a boiada produzir 'húmus bovino' não haverá mais incêndios". E para os "patriotas" eu diria: "Meus conterrâneos, bovinos ou não, já imaginaram que esse tipo de húmus seria a mais nova sensação no mundo do mercado agro pop? O que acham? Afinal, o agro é pop".

Inconformado com esse caos, deixo um recado para os professores: fiquem atentos, meus caros amigos, pois os casos de tendinite têm aumentado naqueles que foram abduzidos pelo trabalho remoto e pelas redes sociais, e os que forem ministrar aulas presenciais, muito cuidado, pois estão correndo o risco de serem contaminados. E tudo isso ocorreu entre agosto e outubro de 2020.

E A SAÚDE VAI BEM?

Às seis da manhã do centésimo oitavo dia dessa "quarentena" infindável, recebi uma mensagem, no já tradicional WhatsApp, dizendo:

> Temos que ir às ruas para protestar contra o Decreto n.º 10.530, porque ele transfere a POLÍTICA DE ATENÇÃO PRIMÁRIA À SAÚDE para o Ministério da Economia, e esse programa sempre esteve ligado ao Ministério da Saúde, e, além dessa mudança, o decreto abre caminho para a privatização do serviço único de saúde (SUS).

A mensagem era de uma professora indignada. E ao tomar ciência do teor do decreto, imaginei que o grau de insensibilidade e desejo de morte que norteia os governantes desta terra não tem limites. Além da existência de uma pulsão de morte latente, muitos seguidores do atual governo divertem-se incentivando o ódio, que foi alçado à condição de aliado da extrema direita.

Depois, lendo atentamente o decreto me perguntei se por trás dele estão poderosas empresas de saúde privada, tanto nacionais quanto internacionais. Entretanto, é provável que ele vá, também, ao encontro do desejo genocida dos "cidadãos de bem", que vivem confortáveis e protegidos em seus condomínios higienizados e arborizados, e não se importam com a vida dos afrodescendentes, dos indígenas e das populações periféricas. Fui além e levantei a hipótese de que esse decreto poderia beneficiar certas denominações religiosas.

Desconfiado, pensei se ele atende aos impenetráveis interesses seculares de algumas igrejas. Por dois motivos levantei essa hipótese: primeiro, porque algumas igrejas podem ter interesse em criar ou aderir a planos de saúde privados para seus fiéis seguidores, como ocorre nos EUA. Não preciso dizer que aqueles que não são dizimistas e nem frequentam os cultos não terão assistência, né? Se na terra do Tio Sam eles não têm, aqui é obvio que o mesmo pode ocorrer. Então fiquei imaginando o que está por trás do Decreto n.º 10.530, ou melhor, a filosofia que o norteia. Cheguei à conclusão de que um liberalismo linha dura, com viés teológico, é o sustentáculo desse decreto, e que os mentores devem ser discípulos dos economistas: Hayek, Ludwig Von Mises e Milton Friedman.

Como esse governo e o ministro da Economia seguem fielmente a cartilha ultraneoliberal do Chicago boys e amam o modelo americano de viver, não seria arriscado dizer que eles procuram implementar aqui um modelo de saúde baseado no ultraliberalismo que atenda aos interesses econômicos e doutrinários das igrejas evangélicas.

Nos EUA existem os planos de saúde mantidos pelas igrejas, que são mais baratos, mas exigem, daqueles que o aderem, o cumprimento da cartilha do ministério denominacional. Na prática, ao aderir a um plano de saúde, o cidadão fica obrigado a seguir determinadas normas defendidas pela igreja ao qual o plano esteja associado. Simplificando: se a igreja é contra o uso medicinal e recreativo da maconha, contra o aborto legal, não permite relações sexuais antes do casamento e condena a homossexualidade, o fiel deverá seguir a cartilha.

Os planos de saúde vinculados às igrejas asseguram o rebanho. E àqueles que não têm condições de pagar por plano nenhum, sabem o que lhes resta, né? Terão o básico, ou seja, "uma cova rasa e bem medida, nessa terra que sempre teve sua espinha dorsal fraturada e pisoteada por coturnos verdes e amarelos".

Inté!!!!! E continuem em casa até que uma vacina permita os desejados reencontros. Espero, sinceramente, que esse dia chegue logo e seja marcado por calorosos abraços ao vivo e distantes das redes sociais. Quanto a mim... Por enquanto sigo nesta Ribeirão Preto, em plena pandemia, que torna esse outubro de 2020 um mês desolado. Sigo, sem saber se esse decreto se concretizou ou se foi apenas um pesadelo que gerou tormentos e reflexões, ou um arroubo governamental, como outros que o "mito" lançou e depois recuou.

UM CERTO CUIDADO COM A EUFORIA

Em plena pandemia neste interminável ano de 2020, que será inesquecível, o país do Tio Sam realizou eleições para presidente e representantes parlamentares. O resultado, contestado pelo derrotado, trouxe certo alívio e esperança para alguns países do cone sul. A esperança é que o ódio tenha vida curta! Mas sei que ele sempre estará presente, que em alguns momentos ele será exacerbado, inflado por inescrupulosos homens de negócio e alguns ressentidos.

É inegável que a derrota de um ícone da extrema direita deve ser comemorada. Um ícone racista, xenófobo, preconceituoso, propagador de mentiras e adorador das *fake news*, quando é derrotado, representa uma vitória para todos que lutam por um mundo livre de preconceitos, mais plural e inclusivo.

É claro que a derrota de Trump causou certa euforia, mas alerto que não podemos ignorar que o excesso de euforia pode nos conduzir a frustrações e um pouco de decepção (eu disse pode). E digo isso porque em 23 de setembro de 1944, Franklin Delano Roosevelt afirmou de forma categórica: "A vitória do povo americano e de seus aliados será uma vitória contra o fascismo e o beco sem saída que ele representa". Ele se referia à vitória dos aliados sobre a Alemanha nazista e o fascismo italiano.

Como historiador e cidadão sempre alerta, quero lembrar que dois regimes, protótipos do fascismo italiano, não foram incomodados pelos aliados e nem pelos sucessivos governos democratas e republicanos que se revezaram no poder nos EUA. Falo do salazarismo e do franquismo. Ou seja, Portugal e Espanha conviveram com regimes fascistas por décadas, com apoio do Ocidente e do Vaticano – sim, do VATICANO –, e arrisco a dizer que esses dois regimes foram mais brutais que o fascismo italiano.

O salazarismo e o franquismo incorporaram a luta anticomunista na Península Ibérica e foram tratados como importantes aliados para deter a suposta influência soviética e cubana na África. Um detalhe: as Forças Armadas de Portugal, que lutaram contra a independência das colônias portuguesas, foram mantidas, treinadas e abastecidas pelos EUA e sua famosa agência CIA.

Essas reflexões são apenas um mero lembrete para que a euforia não nos conduza a grandes expectativas, que podem resultar em frustrações. Mas existe uma esperança, afinal, a vice-presidente eleita pode contribuir para um aprofundamento das políticas de inclusão e a luta antirracista.

Quanto a nós, um pequeno detalhe: após as projeções darem a derrota de Trump como certa, o nosso "brasileiríssimo" ministro da Economia disse: "Vamos dançar com todo mundo". Depois desse rápido comentário, algumas perguntas brotaram na minha cabeça. Pensei: o que será que esse discípulo de Adam Smith quis dizer? Seria uma adaptação política que ele estaria prevendo? Ou fazendo previsões, sabendo que os arranjos políticos globais são inevitáveis? Não ficarei pensando nas palavras desse "amante latino" dos Chicago boys, mas na importância da vice dos democratas, e continuarei pedindo aos meus conterrâneos que sigam comemorando, mantendo o distanciamento e controlando a euforia.

MEU PEDIDO DE NATAL NESSA PANDEMIA

Numa noite qualquer, em dezembro de 2020.

Hoje, quando eu caminhava pelo centro da cidade, avistei, sentado à sombra de uma árvore, o bom velhinho, descansando. E na mesma calçada em que ele repousava havia uma imensa fila, repleta de crianças, que, acompanhadas por seus pais, aguardavam para entregarem seus pedidos de Natal.

Observei que as crianças estavam "bem-vestidas" – como se diz no interior, estavam "arrumadinhas". Acompanhadas por seus provedores, elas sorriam, mostrando grande contentamento. Sorrindo, visivelmente eufóricas, creio que elas estavam ansiosas para serem atendidas por aquele velhinho, que realizaria seus sonhos guardados em minúsculos envelopinhos. Alguns coloridos, outros dourados, mas todos repletos de sonhos. Sonhos acessíveis ao poder aquisitivo de seus pais. Impossível não observar as roupas de grife que pais e filhos usavam.

Além dessa fila, na outra calçada, do outro lado da mesma rua, outras crianças aguardavam para serem atendidas, mas essas estavam desacompanhadas e maltrapilhas, porém, era visível que também nutriam esperanças de terem seus pedidos atendidos. Pensei em entrar nessa fila, minha infância estava ali, entre elas. Peguei um envelopinho, ameacei escrever meu pedido, mas imaginei a cena, os comentários daqueles pais da outra calçada, com seus filhinhos "narcisistas", dizendo, em uníssono: "Olhem lá, um marmanjo entre aquelas crianças de rua, negrinhas, maltrapilhas e sujas! Deve estar esperando sua vez de fazer o pedido para o bom velhinho". Imaginei esse comentário e as gargalhadas que suscitaria. Por isso, sem coragem, resolvi voltar para casa com o meu envelopinho no bolso e fazer meu pedido diretamente, sem o bom velhinho como intermediário dos corações.

Ao chegar em casa, escrevi:

> Meu único pedido neste Natal eu faço a você, bela mulher que me enfeitiçou, e ele é simples. Peço que não jogue fora nossa amizade e não me julgue, a priori, pelas minhas palavras, que descansam confortáveis neste reles pedaço de papel, que amarelará com o tempo e o esquecimento.

Eu sei que esse pedido é muito simples, ou tão simples e ingênuo quanto os pedidos daquelas crianças que, desacompanhadas e precariamente vestidas, formavam uma fila e que não havia vestes caras e nem da moda. Crianças que também possuem sonhos, desejos, sorrisos de ansiedade e marcas no corpo.

A única coisa que posso dizer é que, tal como elas, tenho a esperança de que o meu pedido se concretize e nossa amizade se mostre forte. E se não for atendido, guardarei assim mesmo as linhas que escrevi, pois o que desejo é muito simples, sincero, vem de longe, de dentro do peito, atravessou fronteiras, mas corre o risco de se perder no tempo.

Já é tarde. Esta noite vou dormir com o peito apertado, com lágrimas nos olhos, mas com esperanças, e com o envelopinho debaixo do travesseiro, desejo para você, doce amiga, um bom Natal, seja lá onde você estiver. Bem sei que, nesta noite, quanto mais o tempo ficar preguiçoso, mais e mais, embriagar-me-ei com os versos que gostaria de tatuar em seu corpo, mesmo sabendo que será uma longa e cansativa noite, pois a imagem daquelas crianças me faz pensar que o bom velhinho atende apenas uma daquelas calçadas, enquanto a outra apenas irá verter lágrimas quando dezembro se despedir de todos nós.

Mais uma noite em que dormirei entristecido, por saber que aquelas duas filas são a perfeita descrição deste país que, forjado, nasceu dividido, não se alforriou por inteiro e nem pensa em se republicanizar, varrendo seus males, seus banzos, suas epidemias e essa maldita pandemia. E, agora, ainda temos as *fakes news*! Muitas são o melhor exemplo do ressentimento que os adoradores do psiquiatra Nina Rodrigues e do evolucionista social Herbert Spencer, continuam cultivando.

O IMAGINÁRIO DE QUARENTENA. SERÁ?

Hoje, ainda confinado, cumprindo, literalmente, essa interminável quarentena, integro-me numa rede social de alunos e egressos do Instituto de Ciências Humanas e Sociais da Universidade Federal de Ouro Preto. Local onde me graduei, esse instituto, marcado pelos ventos do movimento "Diretas Já", contribui, desde a sua fundação, para a formação humanística, intelectual e política de muitos jovens que não temem uma nova vida, distante do lar. Cravado entre montanhas de ferro, que no passado abrigaram riachos auríferos, esse instituto foi palco de grandes debates sobre a redemocratização, a negritude, as teorias materialistas da História e a Nova História. Local de forte efervescência política, intensa vida cultural e deliciosas seduções, o ICHS, como é chamado, continua imprimindo suas marcas, convertendo-se, ano após ano, num espaço inesquecível de memórias.

As demais unidades acadêmicas, sediadas na vizinha Ouro Preto, com seus encantos, também deixam suas marcas. E foi nessa antiga Vila, terra do mestre Ataíde, sede da universidade e da maioria das repúblicas estudantis, que resolvi acomodar minhas malas, ou me estabelecer, residir. Encantado com o casario, a vida pulsante, os adornos rococós das suas igrejas e a espessa neblina que todas as noites visitava suas ladeiras, morada de seresteiros e poetas, não hesitei e "finquei pé", como se diz em Minas Gerais.

No meio desse outro universo urbano, marcado por um sincretismo sempre mutante e pulsante, residi por quatro anos. E todas as noites me deslocava de ônibus até o Instituto de Ciências Humanas e Sociais, sediado na vizinha Mariana. Anos que me marcaram e forjaram meu eterno vir a ser. Afinal, não se banha naquelas águas sem sofrer mutações.

Nos anos em que vivi entre os casarões setecentistas de Ouro Preto, morei em cinco locais. Peregrinei como um nômade. Primeiro numa pensão, depois uma casa no morro... Até chegar numa república, onde me acomodei por um ano. Depois migrei para o alojamento universitário e, por último, para uma casa nas proximidades da majestosa Igreja de Santa Ifigênia, local abençoado pela lua cheia e pelo triunfo Eucarístico, que todo ano desce e sobre ladeiras.

Fiz a minha via sacra, construí amizades duradouras, não ignorei os possíveis amores noturnos – às vezes, acordava entre belos seios, depois de adormecer entre pernas suadas e deliciosas, que desconhecia. Mas num belo dia, uma paixão bateu à minha porta, e as manhãs e noites tomaram outro rumo. Hoje, quando me recordo do primeiro momento e dos dias ao lado dela, penso o quanto nós, homens, estamos despreparados para o fim. Lembro-me das lágrimas que derramei, das infrutíferas tentativas de entender como e por que havia terminado aquilo que eu nunca imaginei que teria um fim.

É isso o que acontece quando o encantamento é confundido com o éden e faz do tempo uma eternidade. O encantamento é tanto que não pensamos na finitude, e quando ela bate à porta, é como retirar o andaime que nos sustenta distante do solo. Creio que deveríamos ser preparados para a finitude de tudo que existe. Mas é necessário cair, perceber o quanto a queda é educativa, depois revigorar os sonhos e sentir novamente o gostinho salgado das novas lágrimas que brotam quando o fim de outra paixão te visita.

Creio que não devemos evitar essa gangorra. Claro que aqueles que se tornaram monogâmicos, que foram abduzidos pela ideia do amor eterno, não se preocupam com o vazio da cama, quase sempre ocupada por uma relação de poder e anulação, e, geralmente, a anulação é feminina. Depois de anos de vida a dois, forçando a fidelidade e as aparências, não creio que os fetiches de um casal sobrevivam. Por isso, sigo me pergunto se o casamento é acompanhado pela morte da imaginação intramuros.

Essa é uma das preocupações e o grande dilema de todos que optaram pelo ir e vir entre variadas e desconhecidas belas formas, não se preocupando com os juízos morais e as caras de espanto dos castos e "puros". Imagino que a dúvida que paira sobre os que optaram pelo "ir e vir", pelo *laissez faire* amoroso e sexual pode ser traduzida na seguinte pergunta: será que fiz a melhor escolha? Conheço outros solteiros, convictos como eu, que constantemente se indagam, pensam nessa questão. Alguns se condenam por não terem uma vida matrimonial, por não terem se casado, enquanto outros se empolgam com as possibilidades de aventuras que o estado civil lhes permite.

Conheço alguns solteiros de "profissão" e trocamos impressões sobre a vida matrimonial dos nossos amigos e as nossas. Creio que, inconscientemente, formamos uma confraria. E sempre que nos encontramos refletimos se estamos ou não mais felizes do que aqueles que partilham a cama com um corpo que, com o passar das estações, já não desperta a imaginação.

Depois de refletir, angustiar-me, resolvi fazer um alerta. Aviso a todos que desejam seguir a carreira solo que o adormecimento é uma via que todos irão percorrer, casados ou não. Você, meu caro solteiro, depois de longos anos na estrada moldada por você, também não despertará mais nada, viu! O espelho é seu pior inimigo e melhor amigo, lembre-se! Entretanto, há uma diferença: o adormecimento daqueles que juraram "até que a morte nos separe" ou concordaram com o "felizes para sempre" é sempre mais precoce.

O casamento é isto: sabemos a data do cerimonial, mas não o momento do cansaço. Por outro lado, a vida livre de um solteiro, que não teve uma data para iniciar, lentamente torna-se a sua mais perversa sina, porque a cegueira causada pela liberdade não lhe permite perceber quando deve se recolher, aposentar seu imaginário. O problema é que esse tal imaginário insiste em se fazer presente e transforma todo solteiro convicto num escravizado dos desejos e fetiches, que funcionam como grilhões e correntes.

Esse é um tipo de escravizado que mesmo depois de longos anos ainda crê que possa seduzir e satisfazer, com suas artimanhas "linguísticas", as silhuetas femininas. Mas como ele é um eterno sonhador, realimenta seus fetiches, imaginando amanhecer entre belos, entumecidos e desconhecidos seios. Esse é o vício, gerado por essa tal liberdade, que permanece vivo nesta quarentena, não tira férias e ainda desencadeia sonhos nesta Ribeirão Preto ensolarada, virótica e pandêmica, que conta o número de mortos e aguarda o Natal de 2020.

CARTA DE UM PROFESSOR AOS ALUNOS DE ONTEM E AMIGOS DE HOJE

É véspera de um estranho réveillon. O ano de dois mil e vinte, que termina virulento, pandêmico, marcado pelo confinamento e distanciamento, e nada mais. Ele não deixará saudades, apenas um certo vazio, um certo nada. E toda vez que penso neste ano que nos diz adeus, nas pessoas que não reencontrarei, recordo-me de um comentário de Cioran: "A morte se espalha tanto, ocupa tanto lugar, que não sei mais onde morrer".

Um abraço e vários abraços, um beijo e vários beijos, é o que todos merecem e desejam distribuir. Porém, a distância, esse espaço imaginário que agora impede e censura nosso querer, não permite que os abraços e beijos se concretizem. Porque no meio do caminho há um vírus. Sim, há um vírus no meio do caminho e esse vírus tem aliados. Parafraseei Drummond porque essa carta sai das mãos de um mero funcionário da palavra, que faz uma advertência: meus caros amigos, muita atenção com esse vírus, pois ele conta com aliados poderosos, constituídos por uma massa robótica de homens fardados, alguns endinheirados, outros que gostam do verde e amarelo, e saem gritando pelas avenidas: "Invermectina, sim! Vacina não!".

São homens e mulheres com grande ressentimento, histeria e, talvez, uma pequena falta de orgasmo. Eles não possuem aquilo que nos define como seres humanos: a empatia. São esses homens, com seus coturnos, bandeiras enroladas no corpo, fitas e camisetas da seleção canarinho, que desejam novas noites de cristais. Esperam e desejam um novo holocausto, direcionado aos indígenas, negros, pobres, deficientes, idosos e a todos que, segundo a lógica genocida, não merecem conviver e viver. Talvez, o que nos assusta, minhas queridas e meus queridos alunos, é tomarmos conhecimento da quantidade de conterrâneos que desejam e trabalham para exterminar todos aqueles que são considerados "diferentes" e "exóticos".

Infelizmente, os "fascistas" genocidas, que saíram de muitas tumbas e sarcófagos, encontraram um porta-voz, um ser que agora ocupa um cargo no Planalto. Por isso, penso que no nosso mundo, nesta terra que habitamos, existem horríveis criaturas que simpatizam e se identificam com um novo protótipo de homem, que seria uma boçal mistura de Francis Galton, Mussolini e Hitler. Aí reside a identificação dos fanáticos "patriotas" desta terra com o seu líder. Essas horríveis criaturas identificam-se e são adoradores de seres que nunca demonstraram empatia pelo outro; outro que, mesmo "diferente", é demasiadamente humano. Os fascistas podem ser assustadores, mas não devemos temê-los. Jamais!

Esperei, queridos alunos e alunas, ou melhor, meus eternos amigos, para dizer-lhes que no início da quarentena, quando eu voltava para minha terra natal, na estrada, olhando para a silhueta da cidade que se distanciava e eu me despedia, tive uma estranha sensação, que me arrepiou, pois imaginei que não voltaria a ver as inúmeras faces que me encantam e desencadeiam saudade.

E essa sensação não desapareceu, ainda se faz presente, e creio que ela é resultado desse horizonte de incertezas que atinge nossa terra, ou melhor, o solo que outrora foi Tupiniquim, Tupinambá, Xavante, Guarani, Charrua, Pataxó, Ianomâmi, e de tantos outros povos que sofreram com outras epidemias e muitos massacres. Solo que conheceu a escravização dos povos indígenas e negros trazidos da distante África, para satisfazer a ânsia de poder e dinheiro de uns poucos homens brancos e seus herdeiros, que agora gritam "mito", "globo comunista", e expressam outras alucinações.

    Saibam, queridos alunos e alunas, que o único pensamento ou recado que tenho a dizer a vocês é: resistam, estudem, não sejam abduzidos pelas redes sociais, não temam os fascistas genocidas que desejam a destruição de tudo que dá contornos ao que chamamos de civilização. Sei que essa resistência causará – e tem causado – fraturas, divisões, distanciamentos, pois os genocidas estão entre nós, alguns são parentes, vizinhos, frequentam os mesmos lugares, e até as mesmas latrinas. Digo entre nós, pois eles estão no seio das nossas vidas. E se não nos vermos mais, saibam que encerro este texto com a certeza de que todos vocês, que conheci nas salas e corredores acadêmicos, possuem um grande potencial e, por isso, deixo aqui uma recomendação: lutem, mas não vendam seus corações e suas consciências. Fortaleçam-se, pois, como diz Cioran: "A anemia é o jardim onde floresce Deus". Então, lembrem-se deste meu recado: os hipócritas sempre se beneficiam da fraqueza dos corpos anêmicos.

OS CHEIROS DA INFÂNCIA E O DESEJO NESSA INFINDÁVEL QUARENTENA

Hoje é o centésimo nono dia que estou de quarentena e ao retornar das compras semanais, dentro do meu sincrético apartamento, sinto um aroma que me faz recordar a infância. Ele despertou minha memória, reacendeu meus sentidos, meu desejo, trouxe de volta os sabores das deliciosas receitas preparadas artesanalmente por minha família. Interessante como um simples odor despertou outros, que recordo com prazer.

Imagino estar cercado por diversos aromas que, ao atravessarem as janelas, portas e paredes, contribuem para que eu relembre das saborosas receitas preparadas por muitas avós, tias e mães, que se empenhavam para agradar as crianças da família. As receitas, recheadas ou cobertas com colheradas cheias de carinho, agradavam e engordavam. E, assim, os sabores contribuíam para a alegria de uns e tristeza de outros.

Lembro-me de que os comentários revelavam uma estranha associação entre a criança considerada sadia e a estrutura corporal dos pirralhos e pirralhas. De forma inconsciente, os adultos diziam que a criança sadia possuía uma característica corporal. Quem nunca ouviu: "Nossa, como ele tá bonitinho! Também, tá tão gordinho, né?", ou, "Nossa, que bonitinha que ela tá! Também, gordinha assim!", ou, ainda, "Nossa como ele tá forte! Claro, tá gordinho". Essas frases constantemente repetidas eram as mais comuns. Obeso não era uma palavra corriqueira e gordinho era sinônimo de carinho, beleza e força, mas nunca um problema de saúde. Apesar do carinho que temperava as receitas, acredito que essas demonstrações afetuosas foram responsáveis pela grande procura por regimes milagrosos, principalmente na adolescência.

Esses odores que agora imagino, ou sinto, e as recordações me fazem refletir sobre as relações entre os desejos e esse infindável confinamento. Eu disse desejos.

Ao sentir os deliciosos aromas que invadem os cômodos do meu apartamento, trazendo-me lembranças da infância, as recordações se cristalizam, reacendem minha imaginação, mas, infelizmente, materializar os antigos sabores da infância é uma impossibilidade real. Não tenho mais tias, avós e nem mãe, portanto, sobram-me apenas as lembranças gastronômicas. Por isso, satisfazer meu desejo alimentar é algo impossível.

Por falar em desejo, penso em outro tipo de desejo que esse confinamento contribui para represar. Falo do desejo sexual, que sempre está presente, mas satisfazê-lo torna-se difícil em plena quarentena, pois pode ser um risco de vida, já que estou chegando numa idade em que tudo, mas tudo mesmo, começa a se transformar em algum tipo de risco, até um simples olhar de admiração direcionado a uma mulher pode desencadear complicações desagradáveis, assim como escrever um simples poema para aquela que instiga minha imaginação.

Creio que desejar, querer, ainda é algo normal, porém, tentar satisfazer o desejo torna-se um ato de alto risco. E demonstrar então... Mesmo que de forma poética, pode significar sua morte prematura, afinal, as palavras e os versos, quando saem do seu corpo, abandonam sua boca, por mais delicados que sejam, não lhe pertencem mais, e as possíveis interpretações podem ser seu atestado de óbito. Primeiro, porque você pode ser visto como um velho ridículo; segundo, porque pode ser processado, denunciado por assédio e figurar nas páginas dos jornais sem a mínima chance de defesa. E aí já sabe, né? Adeus vida.

Penso que a quarentena não é a única responsável pela minha situação, pois a idade também contribuiu para o meu isolamento antes da pandemia e continuará contribuindo. Afinal, o devir é inevitável. Imagino que os cabelos brancos, as rugas e outros sinais sejam responsáveis pelo grande e incontornável confinamento que chegou sem eu perceber. Essa maldita idade, que me enclausura e censura meu desejo, sem precisar das grades impostas pela pandemia, tortura-me. E tem aqueles que exaltam a velhice. Eu discordo, pois, para mim, ela é a mais castradora das musas.

Fui levado a refletir sobre o enclausuramento do desejo neste centésimo nono dia de confinamento por causa dos aromas familiares que imaginei, da fome que me consome e de um simples sonho. Pode parecer estranho, mas foi esse sonho que me fez refletir sobre o encarceramento do meu desejo antes da pandemia e que seguirá depois que ela se for. Sonhei que dividia o apartamento com uma amiga. Ela, uma mulher que me encanta, faz-me sonhar e não ser econômico em meus sonhos, muito menos em meus versos.

Creio que não preciso explicar que ela possui dotes intelectuais, físicos e psíquicos extremamente atraentes e sedutores, ao ponto de ser desejada por mim, e não me envergonho de reconhecer isso. Só não tenho coragem de dizer tudo o que sinto. No sonho, eu e ela estávamos em casa, na cozinha, conversando, quando recebi a visita de um amigo que implorou que eu lhe desse explicações sobre a teoria do caos. Ele, bem mais novo, quase da idade dela. Educadamente, pedi que entrasse e fui buscar dois livros para ilustrar melhor minha explicação. Eles ficaram na sala conversando enquanto eu revirava o escritório a procura dos livros.

Ao retornar, percebi que os dois conversavam animadamente e, segundo pude observar, as palavras e olhares sinalizavam que entre eles não havia um mero bate papo, pois aquela troca de olhares eu conhecia desde a minha juventude e sabia dos significados. São os olhares do desejo que todos os jovens conhecem bem. Por outro lado, aqueles que não estão dispostos a encarar as deliciosas paqueras e as admiráveis recusas que se precipitem, avancem, não respeitem os sinais. E aceitem as consequências!

Assim que percebi aquela troca, acordei assustado e fiquei pensando que um dos principais sinais da velhice é que ela não lhe permite, nem autoriza, a entrar em disputas com outro na vã tentativa de ganhar os olhares de quem você deseja, principalmente quando esse outro é bem mais novo ou tem a idade da mulher que você deseja.

Então, acordado e recuperado do susto, penso que me adaptar ao tão falado "mundo novo" ou "novo real", em plena pandemia, é o que me restou. Essa adaptação não será tão difícil, pois o meu apetite já estava encarcerado muito antes dessa tal Covid-19 e da quarentena que enclausura a libido, impede os corpos de roçarem-se e, assim, impede os orgasmos.

Por isso, tenho só uma certeza: resta-me apenas extravasar o desejo nas telas de um computador, onde materializo meus pobres versos, imaginando e fantasiando, mas sabendo que os desejos da infância e este nunca serão satisfeitos. Essa adaptação não me leva a pensar em comprar uma boneca inflável, dessas coreanas, que vêm com antivírus. Pelo menos por enquanto, ou enquanto existirem bordéis, que agora são poucos, porque as redes sociais, voltadas para a satisfação sexual, desbancaram as antigas casas onde o flerte e os fetiches eram possíveis.

Só não digo que o cafetão também foi eliminado. Quanto aos fetiches, fiquei sabendo, conversando com minhas amigas, que eles também figuram no rol dos elementos condenáveis. Então, creio que só me resta dizer: "Adeus, imaginação!", e refletir se o último reduto contra os totalitarismos é a fantasia, já que ela é o que melhor define e resguarda nossa humanidade.

Ribeirão Preto, ontem, pensando no tempo que se foi. Então... Foda-se! Não ligo mais... E desligo-me.

SONHAR NA QUARENTENA

Eu sonho, tu sonhas, ele sonha e todos nós sonhamos. É o que dizem médicos, futurólogos, astrólogos, psiquiatras, neurocientistas, cartomantes e todos os amantes de teorias científicas e pseudocientíficas. Se esses estudiosos dizem que todos nós sonhamos e em todas as noites, quem sou eu para duvidar.

Mas o que sonhamos? Quanto a mim, já sonhei com os orixás, minha pomba gira protetora, com cachorros, torturas, espíritos me carregando, enfim, sonho muito e, às vezes, lembro-me do que sonhei; porém, na maioria das vezes, esqueço os meus sonhos. Mesmo com grande esforço, não me recordo da maioria deles, e quando o sol começa a dar as caras, penso se essa vida, confinada, não passa mesmo é de um terrível pesadelo. Mas os sonhos de que mais gosto são os eróticos, porque instigam a sensualidade, revelam o desejo censurado, os fetiches e as fantasias dionisíacas que reprimimos constantemente. Repressão intensificada nessa quarentena.

Com finalizações ou não, os sonhos eróticos são os mais intrigantes e deliciosos para mim. São sonhos que arrancam sorrisos de todos nós e revelam nossos desejos, mesmo que muita gente os negue por puro pudor, vergonha ou para se manter politicamente correto, ou correta. A verdade é que os sonhos eróticos estão mais presentes do que muita gente gostaria e, como o erotismo e os fetiches ainda são tabus, submetidos a discursos proibitivos presentes nas mais diversas bandeiras ideológicas, eles não são revelados, talvez, nem no divã. Porém, creio que um número nada desprezível de pessoas censura seus desejos que, escancarados nos sonhos, envergonharia se fossem revelados.

Por outro lado, os fetiches e fantasias incendeiam muitos corpos, revelando o que, inconscientemente desejamos e conscientemente tememos extravasar. Daí as neuroses, os recalques, o sentimento de medo e a impotência diante do outro. É o inconsciente gritando e gritando, revelando-se aos nossos ouvidos conscientes, que se fazem de surdos. Surdos porque não gostamos de nos expor, ou tememos, então apelamos para a autocensura e reativamos o superego, que fica 24 horas de plantão.

Mas hoje, em pleno confinamento, resolvi relatar o teor de um sonho erótico que me fez sorrir. Entretanto, para minha segurança, darei apenas um ligeiro depoimento sobre ele. Sei que não posso citar o nome dela, detalhar seu belo sorriso, seus olhos penetrantes e demais características, porque poderiam servir de prova material do meu crime – e o crime é desejar. Sim, desejar e revelar o objeto do seu desejo tornou-se crime, principalmente se o desejo for por uma mulher, conhecida ou desconhecida, que partilha ou não do mesmo círculo de amizades. Então, serei econômico e muito cuidadoso para não fornecer provas que possam me incriminar, pois dedos em riste nunca faltam para as possíveis condenações e complicações judiciais, que são precedidas pelas morais, mesmo que você revele o que sente por meio de um poema, uma crônica ou um pequeno e sincero conto. Afinal, as palavras, quando saem de nossas bocas, não nos pertencem mais, estão sujeitas a interpretações fora do nosso controle.

Se as palavras não ditas e as ditas escondem formas de sentir e pensar, deveríamos esperar que aquela à qual o discurso revelador se direciona seja sensível para perceber a sinceridade contida nas palavras e o respeito explícito que elas escondem. Mas não é assim e, apesar dessa expectativa, que raramente se verifica, creio que o melhor é saber, a priori, se o objeto desejado é sensível a palavras que revelam o mais íntimo e sincero do locutor. Entretanto, como o temor agora é a regra, receio revelar o que sinto e o teor do sonho, do qual ela fez parte de forma ativa e passiva. Ops! Utilizei palavras inadequadas. Mas os personagens são ocultos! Então por que o temor?

Já ouvi e não sei dizer se é verdade que ninguém pode ser forçado a fornecer provas contra si, então não falarei do meu sonho de forma específica, como prometido. Serei genérico, pois, em mim, o medo falou mais alto do que o desejo. Então relatarei apenas uma das características dos meus sonhos eróticos, que é a mais constante e visível quando acordo. E, depois, a imaginação será responsabilidade de cada um que ler este texto.

Mesmo que o sistema jurídico diga que não devemos fornecer provas que nos incriminem ou que sirvam para nos complicar, creio que esse é um tipo de sonho que, na maioria das vezes, deixa provas materiais. Isso se considerarmos crime extravasar, em pleno sonho, o desejo pela mulher que nos encanta e causa sensações (que levariam um monge a autoflagelar-se). Mas não sou monge e logo que acordo e reconheço as marcas do meu "crime" nos lençóis ou nas roupas que usualmente utilizo para dormir, corro para colocá-las na máquina de lavar. Apago rapidamente as deliciosas marcas do meu sonhado crime. E nessa quarentena tornei-me um criminoso obsessivo e convicto, que esconde as provas materiais do seu crime, temendo julgamentos, porém sempre esperando a próxima noite, mesmo sabendo que os sonhos não se repetem.

Quanto ao mundo que larguei lá fora, creio que novas formas de censura estejam se consolidando; aliás, os medos que ativam essa censura têm diversas origens, mas um, vitorioso, irá ocupar o lugar da família censora. Só não sei dizer qual medo e censura triunfarão, se mais à esquerda ou mais à direita.

A PANDEMIA, O DIREITO E O ENVELHECIMENTO

É Natal de 2020. Faz exatamente dez meses que uma pandemia nos assola. Chegou de mansinho, como uma garoa, logo se transformou, começou a ter contornos de uma chuvarada e se firmou como uma tempestade. Para muitos, ela não passa de uma gripezinha, uma leve brisa virótica que não afeta homens e mulheres com histórico de atletas.

Outros desdenham dela, dizendo que tudo não passa de criação da mídia, que a pandemia não é como estão anunciando. Há também os negacionistas, os contrários à vacina e os que se recusam a usar máscaras. Esses fazem apelo ao "direito individual". Não sei dizer se são especialistas em direito privado, se são apaixonados pela filosofia das luzes ou se repetem esse discurso para mascararem seu excesso de individualismo, que beira ao conhecido egoísmo destrutivo – ou possessivo. Ora, se numa sociedade o direito individual se sobrepõe ao coletivo, temos que refletir sobre as possibilidades de convivência entre os individualistas e aqueles que têm o espírito de coletividade. Para isso, basta pensarmos na saturação dos hospitais e na sobrecarga de trabalho dos profissionais da saúde. Ah! Mas isso é algo que aqueles que evocam o direito privado não pensam. Também estou convicto de que os egoístas de plantão também não se importam com o quanto essa pandemia é devastadora para uma parte da população, principalmente para os cardiopatas, hipertensos, diabéticos, indígenas, negros e idosos. E se forem pobres então...!

Muito além daqueles com "comorbidades", creio que a relação entre pandemia, quarentena e incertezas é torturante para todos os solitários que estão próximos da tão falada "quarta idade", ou erroneamente chamada de "a mais bela idade". Principalmente se ficaram sozinhos nesses meses. Bem, eu estou sozinho, espartanamente em quarentena, e alguns amigos também. E foi depois de ter conversado com dois deles, que estão se aproximando da "quarta idade", que fiquei pensando se essa fase é realmente a da tão falada sabedoria e se ela pode ser chamada de "a mais bela idade". Afinal, um deles me disse que não usa máscaras porque é seu direito não querer usar, e ainda afirmou não crer que esse vírus esteja causando tantas mortes. Disse também que não tomará vacina, porque elas possuem pequenos chips que informam sobre a vida das pessoas.

Essas palavras levaram-me a refletir sobre a velhice e se ela é sinônimo de sabedoria, como nos fizeram crer. Depois de ouvir essas "pérolas" do conhecimento fiquei em silêncio. Mas o outro, que também não ultrapassou os sessenta anos, para meu alento, disse que acredita sim na letalidade do vírus, por isso usa máscaras, e que se manteve rigidamente de quarentena nesses dez meses. Mas percebi sua tristeza ao relatar-me que nesse período desenvolvera alguns problemas de saúde.

Ele disse que segue os protocolos, cuida-se para não ser contaminado, preocupa-se com a sobrecarga do sistema de saúde e procura contribuir para não disseminar o vírus, mas tornou-se diabético e hipertenso. Ouvi e fiquei mudo!

Esse relato me fez pensar nos problemas de saúde que a quarentena desencadeia e que só saberemos a dimensão no futuro. Mas esse meu amigo também sabe ser irônico diante do próprio sofrimento, pois me disse:

> Olha, meu caro, agora com essas 'comorbidades' que desenvolvi, com os medicamentos que

estou tomando e as demais restrições que terei pelo resto da vida, posso entrar no segundo grupo da vacinação, enquanto você nem tem grupo definido!.

Ele deu gargalhadas e enquanto mostrava seus dentes amarelados pelo tempo e pela nicotina, fiquei pensando nessa estranha dialética que se revela na relação entre a pandemia, a quarentena, o envelhecimento e o enterro da libido. Por isso encomendei duas bonecas infláveis. Duas, porque uma figurará como amante. E ainda avisei aos amigos solitários que façam o mesmo, antes que a lei da oferta e procura jogue o preço delas nas alturas. Afinal o *laissez faire* vale para todos os momentos da vida, não é o que pregam os amantes do neoliberalismo?

A REPÚBLICA DE WEIMAR RUINDO EM PLENA PANDEMIA

O ano é 2021. Mais um ano pandêmico, mas esse parece ser diferente, pois o coronavírus bate na porta de muitas famílias, o que me faz suspeitar que todos os lares receberão sua visita, e ainda estamos em abril. Por isso minha insônia aumenta, dia a dia ela avança, não há medicamentos que resolvam, e minha cabeça converteu-se numa eterna erupção feita de lembranças.

Em janeiro, num dia chuvoso, meu vizinho, opositor ferrenho do presidente, perguntou-me: "Você não dorme?". Eu, simplesmente, respondi: "Todos nós já dormimos muito e deveríamos ter acordado mais cedo".

Creio que ele não compreendeu. Então tentei explicar. Disse para ele:

> Ninguém e nenhum partido ou movimento social fez forte contraposição ao capitão, muito antes das eleições parece que todos já estavam anestesiados. Ou não acreditavam em sua viabilidade eleitoral ou ninguém dava crédito às suas pretensões.

Depois dessas palavras, meu vizinho permaneceu em silêncio, talvez refletindo, ou se condenando.

Sei que "ninguém" e "nenhum" são palavras que conduzem ao erro, mas todos subestimaram o "inominável". Quando ele ridicularizou uma comunidade quilombola e todas as vezes em que ele expressou seu racismo, não apareceram vozes contundentes denunciando seus arroubos preconceituosos. Os partidos políticos, o Judiciário, o movimento negro, o movimento estudantil, os sindicatos, o Congresso Nacional e demais entidades que se dizem defensoras das minorias, silenciaram. Não sei se ele deveria ter sido interditado, denunciado ou cassado. O que eu quero dizer é que o silêncio diante de cada discurso do capitão contribuiu para que ele se sentisse tranquilo e desse asas a sua verborragia.

Incomodado, pergunto: as piadas e brincadeiras que apareceram nas redes sociais também contribuíram para a construção da imagem desse ser, que hoje ocupa a cadeira presidencial? Faço essa pergunta pensando se elas contribuíram para a construção da imagem do "inominável", que se apresentou como um homem contrário ao sistema político, que fala "verdades", que não teme falar, e por aí vai. "Verdades" que o teriam condenado em outras terras. O pior – ou mais dolorido – é que uma parcela muito grande da população viu nele o seu porta-voz, e isso é trágico. E quanto às *fake news*... Elas se transformaram num monstro impossível de ser controlado, assim como o crescimento evangélico e a influência dos pastores, afinados com os discursos desse capitão.

E como meu vizinho permaneceu mudo, eu ainda disse: "Já reparou que a extrema direita atua para normalizar todo tipo de sacanagem ou transformar a malandragem em algo aceitável?". Bem, não sei se meu interlocutor silencioso concordou ou se ficou perplexo. Na dúvida, insisti, mudei o termo e fiz uso de uma palavra menos coloquial. Então eu disse:

> Olha, meu caro, a extrema direita visa normalizar a escrotidão, e de forma explicita e implícita ela diz que a sacanagem e a putaria são insignificantes e que fazem parte da nossa sociedade! Entendeu agora?.

Depois dessas palavras procurei me acalmar, mas penso constantemente nas ações da extrema direita. Para mim, ela tem a intenção de promover uma revolução cultural e esta tem por base a falta de empatia e a ausência de indignação. Creio que os fascistas, religiosos ou não, acreditam que são os responsáveis por construírem o caminho para o novo milênio, repleto de farturas e delícias. Agora, o mais interessante, é que a esquerda foi acusada de estar promovendo uma revolução cultural, mas é a feroz direita que se empenha em colocar em marcha uma "revolução" dos costumes, baseada na subversão da civilidade, na destruição de todos os laços e contratos sociais que garantem certa cordialidade e sensatez.

Observando a imagem de um youtuber entregando ao presidente uma grande lata de leite condensado e os dois dando risadas, conclui que, para algumas pessoas, pouco importam as falcatruas e a situação sanitária do país, principalmente para aqueles que idolatram o "mito". E quem são esses adoradores? Para mim, são as vozes silenciosas que nunca aceitaram as políticas de inclusão, que só aceitam relacionamentos heterossexuais, que querem armas ao invés de educação, que não aceitam as estéticas que demonstram a diversidade, e se incomodam com os cabelos afros que ganharam visibilidade.

Também existem aqueles que querem conquistar terras e mais terras, semeando queimadas e mais queimadas. Infelizmente, os gananciosos e intolerantes são muitos, talvez não sejam maioria, mas é provável que estejam dispostos a tudo. Finalizo dizendo que há algo de podre tentando destruir a república de Weimar tupiniquim, que agora se encontra na UTI.

CRÔNICA DO DIA A DIA

Num dia chuvoso, em que o céu derrama violentamente suas lágrimas, dois corpos se reencontram. Perdidos no centro da velha cidade, buscando abrigo, os dois se olham, reconhecem-se, sorriem. Passaram a infância juntos, cresceram no mesmo bairro, frequentaram a mesma escola. Os abraços são inevitáveis, os sorrisos são sinceros e as palavras logo aparecem revelando memórias.

São, contudo, dois corpos que vivenciaram o mundo de forma diferente e que revelam sentimentos em suas palavras. Esse reencontro, fruto do acaso e da chuva, que a princípio foi comemorado, como revelaram os sorrisos, logo se tornou desconfortável. O mal-estar foi perceptível nas palavras desses dois corpos, pois o corpo branco logo disse:

> Meu caro amigo, eu sempre me dirigi a você de forma respeitosa, sempre lhe chamei pelo nome, o racismo é invenção dessa mídia que deseja envenenar nossa sociedade, sempre respeitosa e tolerante, e que nessa pandemia revela-se solidária!.

Creio que talvez ele estivesse tentando se desculpar, ou buscando alguma redenção, não sei. Mas surpreso com essas palavras, o corpo negro logo respondeu:

> É? Mas que interessante! Você nunca me convidou para o seu aniversário e nem para o casamento de seus filhos, que só vi pela TV e pelos jornais, assim como o batizado de seus netos, gêmeos, né?.

Eu, tentando explicar o racismo estrutural aos meus alunos, lembrei-me desse pequeno diálogo, fruto de um grande reencontro, entre dois grandes amigos, em plena pandemia. Só me esqueci de dizer, na aula remota, que o corpo negro sucumbiu à contaminação, pois não havia vagas nas UTIs dos hospitais públicos.

Ribeirão Preto, 07 de março de 2021.

UMA PEQUENA REFLEXÃO

Na obra *Oréstia*, do escritor grego Ésquilo, há uma passagem dizendo que somente através de uma grande dor, nós, homens, adquirimos ciência para a vida. Ou melhor, somente com o sofrimento adquirimos aquele saber imprescindível para viver.

Ao ler essa obra, lembrei-me dos extermínios nas colônias, dos inúmeros holocaustos e genocídios que marcaram a história. Divagando, pensei na dor coletiva, naquela que toma conta de um povo, de uma nação ou de uma etnia, como um possível antídoto ou mecanismo de aprendizagem. Talvez, o saber que resulta da dor dependa da aprendizagem, do rememorar a ser trabalhado por gerações. Mas não podemos ignorar que a memória também pode fortalecer ressentimentos, gerar e alimentar o ódio. Esta é a armadilha a ser evitada: o sofrimento pode ser um antídoto contra dores futuras ou responsável pelo ódio que irá causar outras dores.

A obra *Ressentimento*, da psicanalista Maria Rita Kehl, fornece-nos elementos para pensarmos as relações entre o ressentimento e o ódio. Obra importante para todos que têm interesse nas profundas relações entre o ressentimento e o agir político. Também creio que será bem-vinda uma obra que trate da história do ressentimento e dos ressentidos, que são muitos.

Trabalhado e explorado pelo nazifascismo, o ressentimento e o ódio possuíam profundas relações com os inimigos imaginários. A perversa criatividade da propaganda totalitária criou inimigos para serem odiados pela ressentida pequena e média burguesia alemã. Intelectuais, comunistas, anarquistas, judeus, ciganos, homossexuais, foram responsabilizados por todo o mal e acabaram sentindo em seus corpos o ódio dos ressentidos. Penso que um antídoto contra o ressentimento deva ser criado rapidamente, pois não estamos livres de novas epidemias na qual o ódio seja o vírus mais contagiante. Fica aí a dica, em plena pandemia, gerada por um vírus biológico e outro, com características fascistas, mas com uma pitada religiosa e miliciana.

E eu continuo procurando razões para manter-me vivo nesta Ribeirão Preto chuvosa, pandêmica e idólatra, onde donos de impérios educacionais tornam-se "mitos" e alguns infectologistas dizem que as crianças podem voltar às escolas, pois não se contaminam como os adultos.

MAIS UM *LOCKDOWN*

Hoje, dia 17 de março de 2021, acordei pensando que poderia ser o dia do impeachment. Todavia, sei que a covardia e o medo são sentimentos fortes, que conduzem os homens ao silêncio, a se recolherem em suas cavernas e calarem-se. Poderíamos, no decorrer do dia, comemorar mais um afastamento. Mas não! Exatamente hoje começa mais um *lockdown* na minha cidade, e em outras tantas. Entretanto, é nesse momento de contaminação acelerada que a nossa colonização linguística, sutil como o racismo, também ficou escancarada.

Colonização linguística e racismo, presentes!

Afinal, fazemos uso de palavras como Facebook, Google, impeachment e lockdown como naturais da nossa língua. Aliás, uma, se bem empregada, poderia trazer felicidade, mas é a outra que chegou trazendo tristeza, reclusão, incerteza, mas também um fio de esperança. Esperança de reduzir as contaminações, apenas isso (e já é muito!).

Pensando nessas palavras, li uma crônica exaltando e enaltecendo o "povo" brasileiro. O cronista não poupou elogios ao se referir à sociedade brasileira. Disse ele que nós somos belos, criativos, cheios de maravilhas e com uma energia positiva sem igual. Disse, também, que os fascistas não nos representam, são uma vergonha, que o "povo" não se identifica com eles.

Bem, como me preocupo com o uso de categorias generalizantes, como povo e sociedade, resolvi tecer alguns comentários, principalmente, porque olho para esse momento e vejo que ele é revelador. Sim, a pandemia e esse governo estão contribuindo para que uma parcela da sociedade brasileira revele o seu desejo por uma política de higienização social. Muitos conterrâneos saíram do armário, revelam sua indiferença perante a dor do outro. E não dá para quantificar quantos são os cidadãos que nutrem esses sentimentos, mas creio que não são poucos. Quanto ao ódio, aí sim, acredito que são muitos os ressentidos e que eles odeiam seus compatriotas. Odeiam porque a lógica fascista e racista constrói inimigos imaginários para os ressentidos (constrói, eu disse!). Mas no nosso caso, apenas exaltou aquilo que já estava aqui entre nós, mas que nunca havia colocado a face para fora.

Somos um país com muitos racistas, muitos intolerantes e com um "líder sociopata", mas será ele "assintomático"? Não é o único, que isso fique claro. Digo "líder" porque a "massa" de ressentidos odiadores sempre segue alguém cegamente. Então, nada de discursos ufanistas que exaltam as qualidades positivas do chamado "povo brasileiro".

Porém, reconheço e digo: muitos entre nós são belos, tolerantes, nutrem empatias, são abertos ao diálogo e ao entendimento. Só que não posso dizer quantos são. Agora, o único sentimento que me causa certo pessimismo é a resignação de uma boa parte do que chamamos de "população" brasileira. Ela me faz recordar das palavras de um personagem da obra *Nexus*, de Henry Miller. Esse personagem, com convicção, diz que milhões de nós somos seres saídos diretamente das obras de Dostoievski, porque vivemos a mesma vida lunática que seus personagens. Bem, não ficarei reclamando. Tomarei meu cafezinho, resignando-me à situação, como tantos outros, que se resignam tanto, mas tanto, que esquecem até do sexo na quarentena. Olha, ele também é um item de primeira necessidade. Pelo menos para alguns!

A MOÇA DO CAIXA

Às 14h do dia 16 de março de 2021, o prefeito, numa coletiva de imprensa, comunicou que a cidade entraria em *lockdown* a partir das 18h, e o comércio ficaria fechado por quinze dias. O secretário de Saúde do município explicou que essa medida era necessária para conter a alta contaminação pelo Sars-CoV-2 e, assim, aliviar o sistema de saúde, que está à beira do colapso. Uma medida um pouco tardia, pensei. Afinal, muitos infectologistas já apontavam para a necessidade de endurecer as medidas profiláticas para deter a pandemia. Entretanto, profissionais da área de saúde e cientistas nunca foram influenciadores e formadores de opinião. Até imaginei que eles poderiam contar com essa nova espécie profissional, o *influencer*, para divulgarem a importância do "fiquem em casa, usem máscaras, mantenham distância dos seus semelhantes". Creio que bons influenciadores digitais ajudariam para que as medidas profiláticas fossem seguidas. Porém, pode ser que nem eles consigam realizar milagres.

O *lockdown* foi acompanhado pelo toque de recolher, o que causou mais preocupação, e filas nos supermercados e padarias da cidade. Depois do anúncio das medidas, não precisa ser um expert para saber que ocorreram aglomerações, afinal, a cervejinha vale mais que a vida para muitos "canarinhos" da terra. Mas, felizmente, a população não é composta apenas por aqueles que ostentam camisetas da seleção.

Depois do anúncio, filas se formaram para a compra de produtos alimentícios, de higiene e demais. Não havia um mercado ou hipermercado sem filas. Foi uma loucura. Quanto a mim, também sai desesperadamente às compras. Fui ao supermercado mais próximo e comprei ovos, leite, arroz, feijão, papel higiênico, macarrão, frutas e um bom Gin, pois ficar trancado durante dias e sóbrio não seria fácil, e creio que nem seja aconselhável.

As filas nos caixas também eram fonte de preocupação, pois distanciamento, nada. As pessoas, como autômatos, nem respeitavam o espaço de dois metros. O consumismo sempre é o primeiro na fila das necessidades e obrigações. E obrigação, para mim, é manter-me vivo.

Quando eu passava os produtos pelo caixa, a moça que ali estava olhou para a garrafa de Gin e disse: "Um dia ainda tomarei uma dose dessa bebida. Acho a cor dela linda e não quero morrer sem me dar o prazer de beber algo diferente, como essa bebida, viscosa, elegante e charmosa". Sorri para ela e retribuindo seus comentários, disse: "Está convidada, vamos?". Ela sorriu, abaixou, pegou aquela plaquinha que diz caixa fechado e colocou-a em cima do balcão. As pessoas que estavam atrás de mim logo reclamaram, mas a moça do caixa apenas disse que as oito horas de trabalho dela terminavam naquele minuto e que não ficaria mais nem um segundo.

As pessoas ficaram com cara amarrada. Percebendo o clima, dirige-me ao estacionamento para não presenciar um possível princípio de tumulto. E... quando estava arrumando minhas compras no banco de trás do carro, ouvi uma voz dizendo: "Aceito seu convite para uma dose de gin". Olhei para ela, disse que seria um prazer tê-la como companhia, e sorri. Saímos do mercado e fomos para minha casa.

Lembro-me de, ao chegarmos em casa, eu dizer: "Olha, você foi muito corajosa!". E me lembro da resposta dela: "Corajosa? As minhas oito horas realmente tinham dado! Ou será que o senhor queria que eu ainda estivesse lá?".

Então, comentei: "Minha querida, não falei do seu ato de fechar o caixa, mas de aceitar meu convite". Ela sorriu, bebemos algumas doses, conversamos sobre a hiperexploração da mão de obra pelos supermercados, sobre a pandemia, e arrancamos nossas máscaras com a mesma pressa que arrancamos nossas roupas. E me lembro de dizer, ainda na cama: "Viu como o desejo desafiou e venceu a clausura?".

Ela sorriu.

Depois, fiquei ansioso, esperando os dias correrem para saber se nós continuaríamos bem. Isto é: sem febre, sem tosse e sem dores no corpo. Esse dia me fez pensar, fazendo uma leitura grosseira de Freud, que a quarentena é um tipo de "instituição" que pode ser comparada ou tem a mesma finalidade que o superego. Além de nos proteger, claro!

CRÔNICA SOBRE DOIS MUNDOS DISTANTES

É março de 2021. Um ano de pandemia, um ano de reclusão, um ano de confusão sanitária, com muita Cloroquina, Invermectina, bandeiras de Israel e pessoas cantando o hino nacional e reverenciando a réplica da estátua da liberdade, erguida na frente de uma loja que lembra a Casa Branca, mas cujo nome lembra a capital de Cuba, a velha e bela Havana. E eu, enclausurado, fico pensando nas divisões dessa sociedade que nunca se pautou pela tolerância e respeito. Chego à conclusão de que dois universos mentais concorrem, ou melhor, disputam corações e mentes.

Dois universos ou duas formas de viver!

E tento definir essas duas formas assim: a nossa vida, de opositores, é uma mistura de um panóptico, com "Guernica" e "Tropa de Elite II". Eu até arrisco nomear nosso filme: "Esperando Guernica". Já para os fiéis seguidores do "mito", a vida é a mistura dos filmes "O retorno de Jedi", "Guerra nas Estrelas" e "Perdidos no Espaço", mas com vários doutores Smith. E quem conhece e assistia "Perdidos no Espaço" sabe que a família de astronautas nunca retornou para a Terra. Vai aí essa observação – e qualquer mera semelhança não é culpa da minha imaginação, mas mera fantasia de quem lê e relaciona ficção científica com a desumanização da vida.

Pensei na palavra "desumanização" lendo Ortega y Gasset, que fez uso desse conceito para definir a nova arte que, ao nascer, expurgou os exageros do romantismo, afastando-se dele e abrindo as portas para uma livre produção artística.

Porém, diante da falta de empatia de meus conterrâneos, penso se o conceito "desumanização" pode ser aplicado além das artes.

VACINAÇÃO EM MASSA

Nessa pandemia muita coisinha proliferou. Além do vírus, os grupos de WhatsApp tiveram um aumento significativo, e como eu não poderia ficar totalmente isolado, aderi a alguns. Estou em três grupos, repletos das mais variadas espécies de seres. Existem os suportáveis, os insuportáveis, os tétricos, os melancólicos e os fanáticos. Já que entrei, procuro participar de todos, dando opiniões, ouvindo com paciência – e ciência. Não sou um ser intolerante, assim acredito. E, num fim de semana, percorrendo os grupos com decidida paciência, eu li um texto que me colocou num estado de "paralisia reflexiva". Coloquei entre aspas, pois foi puro assombro.

Num dos grupos, o debate sobre a vacinação em massa no Brasil estava inflamado e era visível que os partidários do "mito" se recusavam a admitir que seu ídolo possua um viés genocida. O debate estava acalorado, com fogueiras, fuzis e adagas prontas para destroçarem os sensatos. Então, um membro do grupo escreveu, ou melhor, postou a sua visão da não vacinação em massa. Disse: "Vivemos uma pandemia, entenderam? E se ocorrer vacinação em massa no Brasil, haverá imigração em massa para cá, pois é uma pandemia!". Suspirei, não acrescentei nada ao debate, fiquei em silêncio, pensando que essas palavras não são para rir, ironizar; entretanto, penso que elas nos fornecem um pequeno exemplo do que é a perda do bom senso.

O que vivenciamos nesses anos de pandemia e governo de extrema direita não é uma mera divergência política. Muita gente está passando por um processo de perda do bom senso, e penso nessa perda como algo mais grave: um distanciamento da lógica e a entrada num mundo de assombrações e fantasias que pode ser gravíssimo. Não sei como definir, porém acredito que muitas pessoas criam ou recebem um olhar totalmente fantasioso e sem a mínima coerência.

É inegável que muita gente tem incorporado os delírios alheios, que estão aí, sendo vendidos pelas diversas redes sociais e templos. Concluo que o perspicaz analista pandêmico e geopolítico, autor do tão brilhante comentário, crê em sua lógica, ou melhor, que há relação entre a vacinação em massa da sociedade brasileira e um possível, ou evidente, fluxo de imigrantes para estas terras, onde sabiás não gorjeiam mais.

O tom professoral dele era interessante, pois também escreveu: "Vivemos uma pandemia, entenderam?". Como se os membros do grupo não soubessem. Pior é que ele falou com propriedade, sentindo-se sábio. Por isso, creio que vivenciamos algo mais profundo, que marcará nossa sociedade e que, talvez, necessite da dúvida cartesiana como medicamento para um imaginário tratamento terapêutico coletivo.

CRÔNICA SOBRE A ESCOLHA, A ANGÚSTIA E A PANDEMIA

No terceiro mês desse segundo ano pandêmico, o número de mortes diárias ultrapassa dois mil e quinhentos indivíduos. Não seria exagero dizer que no próximo mês o número diário de mortes superará quatro mil.

E a indiferença de muitos é tão assustadora quanto às imagens das covas abertas à espera daqueles cujos sonhos foram amputados. Os indiferentes, que se recusam a usar máscaras, recusam o distanciamento e o *lockdown*, são as mãos visíveis desse moderno genocídio. Eu imaginava que esses seres mudariam de atitude quando os caixões fossem abrigos dos seus entes queridos e deixassem de ser o receptáculo de números, mas nem assim. Confesso: errei no meu julgamento! E, de modo geral, aos poucos, a sociedade vai se adaptando, digamos que se conformando, treinando seu olhar, e as imagens das inúmeras covas abertas e enterros, em breve, deixarão de assustar, se é que em algum momento elas causaram alguma reflexão ou arrepios nos indiferentes. E ainda estamos em março.

Este momento, de colapso sanitário e hospitalar real, exige uma reflexão. E expresso a minha com a pergunta: a indiferença e a empatia são escolhas? Essa é uma pergunta que lanço, pensando no existencialismo de J. P. Sartre, filósofo que destacou a importância da liberdade ao dizer que nascemos livres, que nossas escolhas fazem parte da nossa existência e que não escolher também é uma forma de escolha. E três conceitos articulam-se com a liberdade: a angústia, o desamparo e o desespero. A angústia para mim é o conceito-chave do existencialismo de Sartre, pois esse conceito é aquele que permite ao homem demonstrar suas escolhas e, assim, exercer sua liberdade.

Escolho ou não usar máscara, escolho ou não seguir as regras sanitárias. No entanto, todas as escolhas envolvem o outro, e daí a angústia. Por exemplo: escolho partir para a guerra e, ao escolher, não posso negar que serei confrontado com a morte e terei que escolher matar ou não um corpo semelhante ao meu, que desconheço. E ao partir para o campo de batalha sei que, atrás de mim, haverá lágrimas de despedidas, por isso minha angústia.

Para Sartre, as escolhas que fazemos durante a vida desencadeiam angústias, que não podem ser negadas. Mas será que todo soldado sente algum tipo de angústia? Será que tem empatia? Faço essas perguntas porque, para mim, a angústia é parente da empatia. E nessa pandemia aqueles que escolheram não seguir as regras sanitárias também estão exercendo sua liberdade, mas suas escolhas não possuem a companhia da angústia. São pessoa marcadas pela cisão entre escolha, angústia e empatia. Sim, convivemos com seres cujas escolhas refletem a falta de empatia e que não se angustiam de forma alguma. Finalizo esta pequena crônica com uma observação extraída da obra *A peste*, de Albert Camus: "Numa pandemia, todos os dias são o DIA DOS MORTOS", e, creio que, depois de algum tempo, tudo será contabilidade, mas não devemos nos esquecer de que os indiferentes colaboram com os assassinos.

MODERNAS CAPITÃS DO MATO

Quando os professores de História abordam o sistema colonial escravista que reinou nas colônias portuguesas é impossível negar o genocídio. A escravização dos grupos étnicos africanos, dos povos nativos, o racismo e a violência inerentes ao sistema são temas interligados que contribuíram para a construção do nosso Ethos. E como fantasmas vivos continuam a nos assombrar. Assombram, pois são reveladores de uma nação inacabada, na qual paira uma República nunca construída por inteiro.

Por isso lanço as seguintes perguntas: o projeto de nação ficou pelo caminho? Foi proposital nunca concluir esse projeto? Incluir o outro não estava no plano inicial da elite branca? É evidente que o desejo de branquear e higienizar a nação continua vivo. E, para isso, a elite econômica branca sempre contou com seus fiéis seguidores entre o "povo". No passado, para manter a ordem, a violência das chibatas, as correntes e o medo, os capitães do mato foram os aliados de que os senhores fizeram uso. Emblemático e simbólico, esse personagem da nossa História não está enterrado.

Cruéis, sádicos, serviçais e raivosos, os "capitães" tornaram-se símbolo de um sistema que causou o maior genocídio da história. Sim, maior que aquele que se abateu sobre os judeus. É por isso, que ao pensarmos no sistema colonial escravista, devemos, por obrigação moral e intelectual, relacioná-lo a atual situação do negro e do indígena.

Esta terra, regada com o sangue e o suor dos povos escravizados, deveria envergonhar-se, mas não é isso que ocorre, pois o desejo por um genocídio e higienização social permanece vivo e tornou-se latente na pandemia. Isso se deve às pontes que ligam o antigo sistema escravista português ao racismo estrutural, e as constantes agressões que atingem as populações negras e indígenas evidenciam esse elo. Essas pontes são resistentes, fortes, elitizadas e brancas, e os seus atuais guardiões são os modernos capitães do mato, que podem ser eles ou elas. Por falar em capitão do mato, devemos destacar que alguns eram negros ou "mestiços".

Agora, eles usam fardas, gostam de ser chamados de "senhor" e querem que todos se curvem. Mas há aqueles capitães do mato que usam terno, ocupam cargos públicos e têm cadeiras nas assembleias. Existe, ainda, outro tipo, que sai vestido de verde e amarelo, de preferência com a camiseta da seleção canarinho, e não se incomoda em gritar: "Mito!", "Mito!", e por aí vai. Muitos comparecem à missa, ouvem o sermão da montanha e apoiam o armamento incondicional da população.

Ora, os capitães do mato no mundo contemporâneo não são apenas eles. Respeitando a "igualdade de gêneros", há muitas capitãs do mato também. Capitãs do mato, negras ou "mestiças", que idolatram certo capitão, que é o "grande representante" das elites brancas e do grande capital. Vai entender, né? Bem, confesso que não sei definir o perfil psicológico de uma moderna capitã do mato, seja ela negra ou mestiça, mas creio que elas amam o que o seu mito representa, ou seja: a virilidade, o macho alfa, o rei da matilha e a opressão branca e patriarcal. E, assim, os modernos capitães do mato, eles ou elas, perpetuam uma relação servil apontada por Hegel na dialética do senhor e do escravo.

E mesmo com o ensino remoto, creio que os professores de História devem criticar essa relação servil e exigir vacinas para todos. E após a vacinação, espero que todos os explorados gritem: "Vacinados explorados, uni-vos por um mundo sem exploração e sem racismos!", pois VIDAS NEGRAS IMPORTAM.

Agora vou almoçar e continuar de quarentena, nesta Ribeirão Preto ensolarada e sufocante. Ah! Apenas um detalhe: os capitães e capitãs do mato estão nos grupos de WhatsApp, furam as regras sanitárias e, às vezes, assistem e se identificam com os *big brothers* da vida.

SIGO DE QUARENTENA ENTRE A ROLETA RUSSA E O VOYEURISMO

Agora é noite. E como todas as noites solitárias desses meses pandêmicos, eu abro a janela, conto os carros que passam, olho o céu, que às vezes se apresenta nublado, às vezes enluarado, e ouso observar as estrelas. Com esse impulso astronômico romantizado, geralmente abro um vinho, esvazio a garrafa, não ligo a TV, ouço um blues, ou um jazz, ou o silêncio. E embriagado com esse vazio, geralmente sou sacudido por algumas perguntas. Irritantes, ou não. E uma delas, que me acompanha desde o início da quarentena, é: por que cumpro fielmente essa reclusão? Depois procuro respostas.

Reflito muito sobre esse meu confinamento e até escrevi sobre ele. Digamos que eu seja responsável, que eu seja um seguidor implacável das regras sanitárias. Mas essa responsabilidade é apenas comigo, afinal, não há idosos para cuidar, não há pessoas obesas, cardiopatas ou diabéticos no meu círculo familiar. Ou melhor, nem há um círculo familiar para me preocupar. E, cá entre nós, quando você ultrapassa os cinquenta anos, o tempo tornar-se muito precioso, pois você não tem certeza de quantas estações irá viver, não sabe quantas primaveras e verões ainda apreciará. Por isso, cada minuto, cada hora, cada dia, cada semana, torna-se um bem precioso.

Então, a angústia toma conta e me indago se estou perdendo esse precioso bem, preso entre estas paredes que me sufocam e irritam meu ser. Mas permaneço e, mesmo angustiado, penso: se eu morrer nas próximas semanas, assassinado por essa tal de Covid-19, de que me valeu todo esse trancamento espontâneo? E olha... Ainda digo que não sou masoquista! Talvez eu esteja mentindo, sei lá. Mas e daí?

Mas todos esses meses não foram perdidos. Se bem que poderiam ter tido mais vida e as noites... poderiam ter sido mais intensas. Talvez eu queira ver qual será a recompensa pelo meu esforço ou qual será a perda por essa insistência. Sei que não há meio-termo. Vivo e alegro-me, ou morro, sem saber como ficará esse estranho mundo depois dessa pandemia.

Será que sou o único a fazer essas indagações? Será que todos que estão confinados combinam certo masoquismo com doses de amor-próprio? E como não tenho respostas, vou abrir outra garrafa, contar os carros que passam e flertar com as estrelas, pensando no voyeurismo, que não faço, mas que deve ter crescido muito entre os solitários que são fiéis à quarentena. Imagino que, para muitos, a vida tornou-se uma luta entre arriscar uma saidinha, brincando de roleta-russa, ou se deixar levar pelo voyeurismo. E não precisa ir até a janela, basta a ligar o computador. Mas o tempo é um bem precioso, assim como o desejo que, sufocado, pode implodir os seres mais resistentes. Eita vida besta! Assim disse o poeta, talvez, após ler o conselho de Diógenes, que ofereceu uma adaga ao seu discípulo para que abreviasse a vida, depois de ele ter lhe perguntado como eliminar o sofrimento.

OS SOFISTAS NESSA VIDA REMOTA, DIA APÓS DIA

Nessa vida em quarentena, pouco assisto os noticiários da televisão, quase não leio os grandes veículos de comunicação, procuro não me envolver em discussões nas redes sociais, mas fiz grande amizade com alguns romances, certos contos e várias crônicas.

Os livros, que sempre foram excelentes companhias, agora se transformaram, definitivamente, no meu grande refúgio, ao ponto de eu afirmar que eles são a minha pequena pátria. São eles que me permitem fugir desse dia a dia marcado por mortes, pelos discursos bélicos, negacionistas e anticientíficos. Porém, num descuido, eu liguei a TV numa manhã e logo que a imagem abriu, radiante, presenciei um comentário que me despertou para uma questão. Esse comentário, proferido por uma menininha que deveria ter uns 10 anos, demonstra bem a nossa condição atual, nossa vida de seres distanciados. Ela, ao ser indagada pelo repórter sobre como via a quarentena e a pandemia, simplesmente respondeu: "Esse vírus é o vírus da falta de gente".

O comentário dessa garotinha me reportou para as reflexões de Camus sobre o exílio em meio a essa pandemia. Um exílio que não é uma expulsão territorial, não é uma desterritorialização. Penso que ela definiu bem a nossa condição de seres amedrontados, isolados, em quarentena, evitando abraços, apertos de mãos e beijos calorosos.

Não sei dizer quando voltaremos a ter tudo isso, mas desconfio que vai demorar uma eternidade, a não ser que nos arrisquemos, o que não aconselho, pois, neste março de 2021, as notícias não são nada animadoras. Faltam leitos nas UTIs, faltam medicamentos, faltam profissionais capacitados para atuarem com ventilação mecânica e faltam outros cuidados para os corpos recuperarem-se. Porém, mesmo diante dessa situação, existem aqueles que desejam a volta às aulas, a abertura dos bares e restaurantes, sustentando a tese de que tomarão todas as medidas para evitar o contágio em seus estabelecimentos. Alguns proprietários, enfurecidos e com medo da falência real, ameaçam funcionários públicos, prefeitos e todos que defendem um *lockdown* mais efetivo, e não o que se viu até agora.

Vivemos com a falta de abraços, com o distanciamento, com o medo de nos contaminarmos e, muitos, com o medo da falência. No meio desses medos há aqueles que negam o vírus, que não aceitam tomar vacina e inventam todo tipo de discurso, que daria inveja a muito sofista da antiga Hélade. Entretanto, creio que nenhum sofista se recusaria a ser vacinado, como não negaria a ciência e até entrariam nos debates remotos nas redes sociais, afinal, eles não negaram os elementos da natureza e nem os números para explicarem os fenômenos e o cosmos.

A questão é se os sofistas teriam paciência para enfrentar os oradores que se dizem apóstolos. Penso que seria uma boa competição, com plateia, torcidas uniformizadas, algumas vacinadas e outras não. Imagino até as faixas com as frases: "Deus sim, Pitágoras não", "Anaximandro comunista!", "Parmênides doutrinador!".

E POR FALAR EM COPÉRNICO

Atenção, diante de tamanho negacionismo, Copérnico virou o grande revolucionário da modernidade. Se ressuscitar, irá para a Calçada da Fama em Hollywood, será uma grande estrela e até entrará no Big Brother Brasil. Não duvido que ele desse um show nas redes sociais. Já o imaginaram defendendo o heliocentrismo, demonstrando que a terra não é plana?

Imaginei essas cenas ao acordar, ao querer fugir, sabendo que minha prisão é maior que essas paredes que me amordaçam, mas não impedem meu grito. Não sou o único a gritar remotamente, pelas *lives* e redes sociais. Somos muitos e, mesmos distantes, ainda sonhamos. Pelo menos sonhar ainda é permitido e não temos que pagar dízimo por essa heresia.

Temo e creio que chegará um dia em que teremos que decorar livros, expressar nossa indignação escondidos dos falsos profetas e apóstolos, que residem em cada esquina, em cada construção que outrora foi um cinema, uma oficina mecânica, mas que então será chamada de "A casa do senhor". São muitas as casas desse "senhor", sempre ausente, que permite a existência da dor e que o mal governe, ostentando uma faixa presidencial.

Esse "senhor" é cego, surdo e mudo, ou ele não se importa com suas ovelhas. Bem, se eu fosse um agostiniano diria que o mal veio ao mundo para que os homens exerçam seu livre--arbítrio e possam ser salvos. Mas não sou e confesso: "Não quero ser salvo. Quero vacina, quero discursar livremente, quero um eterno vir a ser sem cercas e viver entre os hereges e pecadores. Também não quero o tédio celestial, quero sexo, drogas e um bom *rock and roll*, acompanhado pelas filhas de Baco. Só para variar!".

E SE UNAMUNO ESTIVESSE VIVO!

São Manuel Bueno, mártir, esse romance do ensaísta espanhol Miguel de Unamuno, que eu li, reli e agora observo atentamente as anotações que fiz, provavelmente seria banido das escolas públicas brasileiras administradas por militares. Infelizmente – e com muita tristeza – sou obrigado a reconhecer que essa é a nova tendência na terra de Paulo Freire, Mario de Andrade, Caio Prado, Florestan e outros intelectuais que se preocuparam com a educação, a cultura popular e a formação política da sociedade brasileira.

Unamuno viu a ascensão do franquismo, sentiu a censura bater à sua porta, trancá-lo e tentar emudecê-lo, mas ele jamais aceitou que os fardados falangistas de Franco transformassem a sua Espanha numa terra desabitada pela crítica. Pensador existencialista, ele nos legou suas indagações sobre a autenticidade e a necessidade da crença, e fez isso através das palavras de Dom Manuel Bueno, o personagem central dessa maravilhosa obra. Os questionamentos que Unamuno nos legou, marcados pela dúvida, poderiam nos servir como antídoto.

Dom Manuel Bueno, ao reconhecer a importância da fé, demonstra, também, que ele próprio mantém dúvidas sobre a sua crença. A crença pode ser voltada a um Deus benevolente, a uma teoria política, ou ela pode ser direcionada a um simples mortal, elevado à condição de um novo "mito".

Após ler e reler essa obra e fazer uma mera leitura do momento político que o Brasil atravessa, cheguei à conclusão de que as pessoas que sobrevivem nos inúmeros desterros que compõem este país adoram ser abduzidas ou têm certa necessidade de terem uma crença, seja ela qual for. Dom Manuel não hesita e confessa para seu discípulo que a crença nunca é total e que a dúvida sempre o acompanhou.

Ora, a dúvida sempre esteve presente na história da teologia cristã, embora aqueles que dizem ter fé sempre negarem. Eles nunca demonstram, pelo menos em público, que existe uma pedrinha cartesiana que os perturba, mesmo que seja nos intervalos de suas orações e pregações. Para mim, isso se aplica aos novos e velhos padres, aos "sinceros" pastores e aos mais diversos pregadores.

Pensei em Unamuno e na dúvida que assola o personagem Dom Manuel Bueno, pois vários religiosos, mesmo diante do aumento das mortes pelo Sars-CoV-2, insistem, pedindo para que seus templos fiquem de fora dos *lockdowns* constantemente decretados. Alguns desses "homens de fé" negaram a gravidade da pandemia, outros colocaram dúvidas sobre a eficácia das vacinas, e de forma mais radical, alguns desprezam o saber científico e continuam negando a ciência. Muitos duvidaram da capacidade da ciência em apresentar uma solução para a pandemia, mas não duvidam da existência de um "Deus onipotente", que permitiu que o mal fosse residir em Brasília.

E antes de continuar lendo minhas anotações da obra de Unamuno, quero lembrar que o dono de uma grande igreja, que negava a gravidade da Covid-19, viajou para a terra da Estátua da Liberdade para tomar vacina. Pois é! Se Unamuno estivesse vivo, estaria sendo vigiado e, provavelmente, sofreria ataques das *fake news* mantidas por milicianos *high-tech*, alguns fardados, mas que carregam a Bíblia debaixo do braço, sempre mantendo uma forte aliança com as fogueiras.

LORCA MORA AO LADO

Na Espanha de Lorca e Unamuno, a extrema direita, antes da guerra civil e da tomada do poder, trabalhou o sentimento de pertencimento à nação, dizendo à sociedade quem era o "verdadeiro" espanhol e, ao mesmo tempo, aqueles que não eram deveriam ser varridos, pois não mereciam residir no solo cristão "abençoado" pelo Papa e pelos monarcas Fernando e Isabel.

É inegável que as ações e discursos da extrema direita espanhola indicavam que a higienização étnica e política estava no horizonte. Os grupos visados, condenados ao fuzilamento ou expulsão, eram os marxistas, os anarco-sindicalistas, os republicanos, os judeus não conversos, os maçons republicanos e os homossexuais. Todos foram denunciados como perigosos inimigos da nação espanhola e responsabilizados por uma suposta corrosão dos valores da sociedade, cujo alicerce era a tradição católica e patriarcal, identificada e defendida pelos poderosos senhores rurais que se colocavam como os guardiões da honra e dos valores.

Os discursos da extrema direita e de seus líderes se pautaram por essa lógica classificatória, muito bem retratada no livro *O assassinato de García Lorca*, de Ian Gibson. Embora essa obra analise o desenrolar da guerra civil na cidade de Granada, é inegável que o ódio promovido pela extrema direita contaminou toda a sociedade, destruiu laços familiares e sociais e contribuiu para a tomada do poder por Francisco Franco e seus falangistas. A versão ibérica do fascismo.

A oratória da extrema direita operava com a lógica do pertencimento e da acusação e isso é evidenciado pela falsa ideia de que a Espanha, para se recuperar e se desenvolver, deveria ficar livre do marxismo judaico maçônico. Na época, esse conceito foi criado pela extrema direita para tratar como inimigos os partidários e simpatizantes da esquerda e da República. O conceito teve forte impacto na cidade de Granada e em toda Andaluzia, antigo reino Al-Andaluz.

Creio que qualquer semelhança com o Brasil de hoje não é mera ficção, não é fruto de chás alucinógenos, pois a extrema direita fascista sempre criou e fez uso de inimigos imaginários e ameaçadores para semear o medo e o ódio e, assim, colocar em marcha seus fiéis escudeiros, esses sim, alucinados. E os líderes da extrema direita espanhola foram mestres em afirmar que a luta deles era para varrer de vez do território espanhol todos que representassem uma ameaça à Espanha tradicional.

Pertencente a uma abastada família da cidade de Granada, o poeta Federico Garcia Lorca, importantíssimo representante espanhol no mundo das letras e assumidamente homossexual, desapareceu, como milhares de pessoas, pelo simples fato de ser amigo de pessoas ligadas aos partidos de esquerda.

Lorca foi diretor do grupo de teatro La Barraca de Madrid. Esse grupo era composto basicamente por estudantes e como Lorca nunca escondeu sua sexualidade dentro de uma Espanha tradicionalista e católica foi acusado de corromper os jovens do La Barraca. Mas os ânimos em toda Espanha estavam exaltados, as mentiras ganhavam vida própria e Lorca foi acusado, também, de traição, porque seria um suposto espião dos russos e da esquerda internacionalista.

Lorca desapareceu em 19 de agosto de 1936, no início da guerra civil espanhola vencida pela extrema direita. Vitoriosos, os defensores de uma Espanha tradicionalista e patriarcal deram início à ditadura do "generalíssimo" Francisco Franco. O desaparecimento do poeta tornou-se uma incógnita, pois pairam dúvidas sobre os responsáveis, inclusive por seu corpo permanecer desaparecido.

Penso que as mentiras que circularam na Espanha sobre Federico Garcia Lorca podem ser consideradas uma espécie de "FAKE NEWS FALANGISTA". Não seriam as primeiras a circularem no mundo, pois o rei Leopoldo II também propagou mentiras, com apoio da mídia, para enganar a opinião pública sobre a colonização belga na região do Congo.

No Brasil, o ódio direcionado aos partidos de esquerda, aos defensores dos direitos humanos e ambientalistas fincou raízes, assim como o desejo de perpetuar o tradicionalismo familiar por parte de alguns grupos sociais e religiosos. O cenário político escancarado de discriminação, preconceito, intolerância religiosa e racial muito se assemelha ao da Espanha anterior à guerra civil. Infelizmente, esses ingredientes não são novos por estas "bandas", pois temos convivido com eles por séculos.

Creio que se Lorca fosse meu vizinho, eu e ele teríamos desaparecido. Lorca, presente! Marielle, presente! Irmã Dorothy, presente! Chico Mendes, presente! Galdino, presente! Temo que não pare por aí, afinal, a extrema direita gerencia a pandemia a seu bel-prazer, assim como coloca em prática uma virótica higienização social.

Então, quarentena, presente!

QUE DEUS É ESSE?

Na última semana de março de 2021, quando a contaminação pelo coronavírus avançava de forma descontrolada, batendo de porta em porta, saturando hospitais públicos e privados, alguns prefeitos e governadores decidiram paralisar algumas atividades em suas respectivas cidades e estados. Para tentarem conter a propagação do vírus decretaram *lockdowns*. Cidades do sul, sudeste, centro-oeste, nordeste e alguns estados praticamente decidiram pela paralisação de determinadas atividades que geram aglomerações, inclusive missas e cultos religiosos. E a inclusão dessas atividades gerou uma batalha judicial, que envolveu o Estado "laico", os filhos de Abraão e alguns cristãos.

Pastores inconformados – ou talvez preocupados com a queda na arrecadação – e padres temerosos com a dispersão do rebanho, pronunciaram-se em várias cidades e estados pedindo que as missas e os cultos fossem liberados, ou melhor, não ficassem sujeitos aos *lockdowns*. Todos afirmaram que seguiriam as regras sanitárias, como o distanciamento, o uso de álcool gel e a obrigatoriedade do uso de máscaras. Mas muitos prefeitos e governadores não cederam aos apelos, nada convincentes, dos fazedores de milagres e trovoadas, e mantiveram os templos e igrejas dentro das normas sanitárias defendidas por cientistas e por todos os envolvidos diretamente no combate ao coronavírus. E, descontentes, alguns "filhos de Israel" recorreram ao Supremo Tribunal Federal, o famoso STF, pedindo a liberação dos cultos religiosos.

Em resposta à ação da associação de juristas evangélicos, no dia 3 de março de 2021, um ministro do Supremo Tribunal

Federal autorizou a realização de missas e cultos religiosos por todo o país. O ministro alegou que a proibição fere a liberdade religiosa, e o "inominável" presidente celebrou essa decisão. Imediatamente, apareceram manifestações nas redes sociais questionando essa decisão do ministro e levantando a seguinte questão: o direito coletivo à saúde vale menos que o direito à liberdade religiosa? Além desse questionamento, outro apareceu, e cabe uma reflexão, pois ele apresenta uma indagação que envolve crenças e a própria divindade. Refiro-me à pergunta: "Que Deus é esse que cultuá-lo é mais importante do que a vida?".

Bom, essa pergunta me preocupa. Primeiro porque ela foi apresentada a mim por uma pessoa da área de humanidades e, segundo, porque essa pergunta demonstra o desconhecimento sobre as várias representações sobre Deus. Tentarei explicar minha preocupação a partir de uma pequena frase muito usada por religiosos: "Amar a Deus acima de todas as coisas". Essa frase é um pedido e, ao mesmo tempo, pode ser uma ordem. E, para muitos, se ela é apresentada como uma ordem, quer dizer que o crente deve amar a Deus acima de tudo e de todos, ou melhor, Deus deve ser amado acima dos vizinhos, amigos, parentes, filhos, e por aí vai.

Além dessa interpretação que circula entre nós, não devemos nos esquecer de que o Deus do Antigo Testamento não poupou aqueles que se colocaram contra os seus "escolhidos". Esse Deus, segundo meu olhar, é bélico, vingativo e extremamente punitivo. É o pai todo poderoso que se os filhos não obedecerem, o castigo é iminente. Então, as representações do "divino" são várias, suscitam discussões e discordâncias. Por isso, o mais saudável é termos um ESTADO LAICO, acima de todos e de todas as representações sobre as divindades, sejam elas cristãs ou afro-brasileiras. Mas quanto ao livre-arbítrio, partilho da opinião de Nietzsche. Ele foi criado para que os sacerdotes pudessem punir os homens, mas sem remorso. E enquanto o crepúsculo de todos os ídolos não chega, sigamos de quarentena.

NÃO SOU ÉDIPO REI

Na madrugada passada, um pesadelo invadiu minha mente. Acordei assustado, com a cama molhada e os olhos arregalados, tentei entender o que me perturbara. Esforçando-me, lutando para ativar a memória, lentamente me recordei do sonho assustador. Nele havia uma Esfinge, que me interrogava. Primeiro perguntou: "Que sociedade é essa que não se indigna, que não se revolta com 4.195 mortos pela Covid-19 em 24 horas?". E com os olhos vermelhos de raiva, irritada com meu silêncio, lançou uma segunda pergunta: "Por que essa sociedade aceita, calada, 14 milhões de desempregados?". Como eu estava emudecido, ela tornou-se mais raivosa e, ameaçando me devorar, fez outra pergunta: "Que sociedade é essa que aceita a extrema banalização da vida e esse genocídio?".

Eu tremia e não sabia responder, não tinha argumentos. Pedi clemência, mas fui devorado por ela. Por isso acordei assustado. E com a cabeça mais aliviada, penso que o nosso destino é sermos devorados por um grande monstro, que não conseguimos combater.

Amanhã continuarei sem respostas, e depois serão 5.000 mortos, 6.000, e assim continuará, e não terei respostas. Afinal, não sou Édipo rei, nem tenho pretensão de ser. Mas alguns tentarão explicar, convencer, só não sei se conseguirão.

Quanto à Esfinge... Talvez ela nos aguarde, queira nos devorar, até dê uma mordiscada, mas depois da primeira mordida, sentindo o péssimo sabor e o odor de nossos corpos, é bem provável que regurgite. Ah! Um detalhe: o Brasil ultrapassou 4.000 mortes pela Covid-19 no dia 6 de março de 2021, e no dia sete, um iate de luxo foi interceptado nas águas amazônicas, e a festa que rolava a bordo demonstrava a falta de empatia da elite endinheirada.

OS PERFUMES E A CAÇAMBA

A viagem que fiz à região norte do país foi excitante, possibilitou-me conhecer uma realidade ignorada por muitos brasileiros. Conhecer novos espaços urbanos, sons, sabores e aromas, que instigam os sentidos, contribuiu para romper barreiras, estigmas e preconceitos. Atesto que só as aproximações contribuem para termos outro olhar e romper resistências.

Foi prazeroso conhecer uma parte do país ignorada pela maioria dos brasileiros. Visitei mercados, museus, igrejas, galerias, e na catedral de Belém conheci um projeto maravilhoso, ao qual contribuí com alguns reais. O projeto era simples, muito interessante, e reunia físicos, químicos, restauradores de arte e o clero. Ele consistia em instalar um sistema de energia solar na Catedral para diminuir os custos com energia, possibilitando que ela permanecesse aberta à noite. Para concretizar o tão sonhado projeto de captura dos raios solares e transformação deles em energia, era necessário conseguir recursos e não depender integralmente do Poder Público.

Para isso, os químicos contribuíram com suas pesquisas sobre os aromas da floresta. Como conheciam diversas essências, arriscaram produzir perfumes a partir da flora amazônica e obtiveram excelentes resultados. Os perfumes, frutos de anos de pesquisas, condicionados em pequenos frascos de vidro, estavam à venda na porta da catedral. Comprei oito frascos com o intuito de presentear algumas amigas, que são mais novas.

Mas no dia D mudei de ideia, não tive coragem e, com incertezas me atormentando, joguei no lixo aqueles delicados aromas. Ou melhor, joguei todos numa caçamba. E por que tomei essa atitude? É o que me pergunto, afinal, esse ato até hoje me incomoda, e as respostas que ofereço me fazem pensar nas neuras que desenvolvemos, ou não. Sem embromação, vamos ao fato que me levou a desovar os perfumes.

Numa bela manhã presenciei, na cantina da universidade, uma intensa polêmica entre três mulheres. Uma delas disse: "Homem nenhum presta, são todos iguais, sempre interesseiros, só pensam em transar conosco". A outra: "Temos que servir a cabeça deles numa bandeja". E a terceira arrematou: "Prefiro transar com uma amiga a ter outro namorado e ser traída". Pensativo, ainda ouvi, não sei de qual delas: "Homem, quando dá algum presente, está querendo algo em troca, e vocês sabem o que é, né?".

Calado, refletindo, pensando nos perfumes, na minha intenção de presentear minhas amigas, fiquei incomodado. Confesso que temi as possíveis reações que elas poderiam ter, como seria interpretado e o que poderia ocorrer. Acabei não entregando, pois o receio de ser julgado, taxado de velho assediador, abusado, tarado ou sem noção tomou conta do meu ser.

As mulheres que expressaram essas opiniões pertencem a um coletivo, pois estavam com camisetas que as identificavam. Não nego que elas tenham razão, porém suas falas não saíram da minha cabeça. E fui além. Imaginei que presentear com perfumes esteja fora de moda, que meu gesto seria ridicularizado, julgado, e as condenações logo surgiriam. Só sei que o medo me dominou e os perfumes foram morrer numa caçamba, onde os odores irrespiráveis eram incompatíveis com aquelas delicadas essências, tão bem guardadas em pequenos frascos. O destino, pelas minhas mãos, fez com que aqueles pequenos recipientes, com seus delicados aromas, fossem tristemente estilhaçados. É isso, o meu gesto não se concretizou e faleceu em meio a outros restos e odores, repulsivos como os corpos que envelhecem.

Hoje, vivendo minha solidão ditada pelo envelhecimento e pela quarentena, recordo-me dessa pequena história, do medo de não ser compreendido, de ser julgado, acusado e taxado. Ao relembrar essa história, recordo-me de Jean Genet, que nos legou a seguinte reflexão: "Tanta solidão me havia forçado a fazer de mim mesmo um companheiro". E nessa quarentena tomei ciência de que o meu destino é ser a melhor companhia para mim mesmo. Entretanto, mesmo que eu sinta asco do meu próprio ser, viverei com minhas neuras e elas, com as delas.

REBELDIA

Depois de anos participando de cálidas reuniões acadêmicas, ouvindo discursos inflamados e apaziguadores, e convivendo nos corredores com sorrisos "marotos", tenho a sensação de que todos se esforçam para parecerem respeitáveis. Penso que investir numa aparência seja um jogo muito antigo, que faz parte da nossa tradição. Afinal, no Brasil colônia havia aqueles que se intitulavam "homens bons" e, hoje, quantos não se esforçam para serem vistos como o mais perfeito modelo de integridade moral.

Entre os homens bons de ontem e os "homens de família" e os "homens de bem" de hoje há um cordão umbilical. Essa tradição está tão enraizada em nós que o uso de máscaras atravessou séculos, invadiu instituições acadêmicas, partidos políticos, assembleias e parlamentos. O uso de máscaras foi naturalizado, tornou-se um costume. E a máscara, uma segunda pele! Vivem com elas, querem que todos acreditem e até se esforçam para que isso aconteça. Não há quem não faça um teatro, não represente, e alguns personagens fazem ameaças, outros se vitimizam. Porém, os novatos demoram para compreender que o teatro faz parte da vida institucional, acadêmica. Ou melhor, o teatro foi institucionalizado como último recurso.

Várias são as tragédias e comédias, com seus respectivos enredos. Mas, no fundo, todos que delas participam querem fundar o próprio feudo, passar suas boiadas, só mudando o número de cabeças de gado e o tipo de espetáculo. Embora os enredos sejam diferentes, a intenção é a mesma. Diante desse trágico cotidiano, lembro-me da frase de Camus: "A única forma de lidar com um mundo sem liberdade é tornar-

-se tão livre que somente a sua existência como individuo se transforma em um ato de rebelião".

A liberdade revela-se nas nossas escolhas e deve ser exercida perante todos. Ser livre diante daquele que almeja ser soberano, mas também exercer a liberdade diante daqueles mais próximos a você, os burocratas encastelados nos micropoderes institucionais, acadêmicos ou não. Não basta dizer: "Não pertenço a esse rebanho", se anda com outro. Ou: "Não quero essa cerca!", e ergue outras. O ato de rebeldia só pode ser o do não pertencimento.

Por isso, reflito se esse longo confinamento pode ser convertido num tipo de antídoto ou num mecanismo de defesa que nos mantém distante de outras contaminações, afinal, os homens assimilam gestos, atitudes, discursos e vícios na fricção com seus semelhantes.

Tentei explicar a uma amiga que a vida comunitária também é contaminante, mas ela não entendeu ou, talvez, recuse-se a reconhecer o quanto somos prisioneiros das convenções e dos pertencimentos. Percebi sua resistência quando ela me disse: "No mundo acadêmico a que pertenço, a liberdade de escolha, de poder ironizar tudo e todos, não sofre cerceamentos, e ninguém usa máscara ou deseja ter um curral, dominar, construir castelos".

Fiquei mudo, refletindo se ela foi sincera, se estava usando máscara e teatralizava ao me dizer essas palavras. Até hoje penso no que ela me disse e, quando a reencontrar, vou dizer-lhe:

> Minha cara, tire suas máscaras pelo menos quando for tomar banho de sol para não ficar com a face marcada. E cuidado, alguém pode estar te observando, anotando suas palavras e seus passos para erguer um juízo sobre ti.

E ainda lhe direi:

Minha amiga, faz um ano que uso máscaras, e há pessoas que passam a vida com elas e não se incomodam. Comem, respiram, não abrem mãos delas nem na hora de dormir. As máscaras iludem, enganam, dão sustentação a muitas vidas. Seduzem também. Por isso que os corpos nus causam espanto, repulsa, medo. O nu é sinônimo de solidão.

POR FALAR EM RARIDADE

Afirmo, sem temor, que os lugares onde a amizade é um artigo raro, dificílimo de ser encontrada, são os espaços institucionais. Neles, há apenas um jogo de apoios e contrapartidas. É como se todos dissessem: "Você me apoia, eu te apoio, nós nos apoiamos". Mas amanhã, os "vocês" e "nós" podem ser outros personagens, resultado de outras alianças. Algumas são momentâneas, outras são construídas com base em dívidas, que serão eternamente cobradas. E, no fundo, cada um vale pelo apoio dado e recebido. Por isso, a raridade das amizades e da sinceridade.

É inegável que nas instituições, as cobranças, ameaças e vinganças fazem carreira. Às vezes, elas estão na sala ao lado, dividem o mesmo espaço. Nelas, os sádicos sentem-se confortáveis, vestidos de burocratas, acadêmicos, maestros, alcaides, disfarçam seus reais objetivos. Os sádicos são os ressentidos de ontem, que compensam sua infelicidade passada exercendo o poder sobre os outros, numa relação baseada na dívida e na cobrança. Ontem eu te ajudei, agora é sua vez! Assim, erguem-se as prisões nas instituições políticas, acadêmicas e jurídicas, sem grades, à base de dívidas e sem empatias. Só não reclame que o ambiente não é saudável, pois você faz parte do jogo, e se não deseja fazer, entre em quarentena. Mas, em casa, observe se as nossas instituições e muitos que vivem entre nós nutrem empatia pelos afrodescendentes, indígenas, deficientes, e pela população que vive nas ruas e nas inúmeras periferias. Populações que vivem na invisibilidade, condenadas ao ostracismo pela falta de empatia, que lentamente enraizou-se, marcando nossas relações.

Só não esperem mudanças, nem botes salva-vidas, porque os burocratas sempre dizem: "Apenas cumpro ordens, faço o que tem que ser feito e nada mais".

Agora vou ao supermercado e, depois, continuarei lendo a obra *Eichmann em Jerusalém*, da filósofa Hannah Arendt. Recomendo esse livro, inclusive para aqueles que não nutrem empatia por ela, que são muitos. Estranho! Hannah Arendt desencadeia nos stalinistas a mesma repulsa que Paulo Freire nos fascistas. E para isso... basta citar o nome.

A QUARENTENA E AS AULAS REMOTAS

Hoje, iniciei minha aula remota de Sociologia da Arte com a frase: "A beleza foi feita para ser roubada". Essa frase do filósofo e ensaísta Ortega y Gasset encontra-se no início da sua crônica sobre o roubo da obra Mona Lisa. Não discordo dessas sábias e hábeis palavras, e penso em todos os belos olhos que esse confinamento condenou ao exílio e o quanto eu gostaria de sequestrá-los, tirá-los do anonimato para que a beleza, novamente, fosse apreciada.

Nesse segundo ano pandêmico, os sorrisos continuam amordaçados, e os olhos observadores, amorosos, impactantes, profundos, intuitivos, sensuais, analíticos, permanecem condenados ao ostracismo, ao desterro. Sabendo que a beleza deles é apenas uma vaga lembrança de um passado saudoso, que me fez escrever e guardar estas linhas e outras linhas, entristeço-me, porque sei que nenhuma tela trará a beleza que foi soterrada pelos inúmeros vírus que nos cercam. Alguns têm nomes e, para o nosso bem, eles não podem se eternizar, ou a vida será ditada pelo confinamento, pela angústia, pelo medo e pela morte. Essa tela, sem vida e sem aromas, em que todos são meros retratos, não traduz os gestos corporais, os sorrisos, a beleza dos olhos que ficaram no passado, e agora são apenas lembranças.

Entristecido pelo distanciamento, pelo exílio de todos nós, procuro alívio na poesia, nos romances que leio, mas sempre ansioso. Porém, mesmo que meu corpo esteja coberto pelo úmido e frio orvalho que insiste em me acompanhar dia após dia, seguirei lembrando-me do distante tempo que nunca será varrido, pois ele é sinônimo de todos os olhos que roubei e guardei nessa gaveta feita de mármore, que aprisiona o passado. E a cada aula remota que ministro, imagino que o futuro desejado por muitos é apenas um retorno. Pensei nessa questão após a última aula remota porque, ao final, ao despedir-me dos alunos, uma voz disse: "Professor, estou morrendo de saudade dos nossos bate-papos na cantina, do ônibus lotado depois da aula e dos professores dizendo: "Estudem!", "Desliguem os celulares!", e do senhor me aconselhando: "Faça mestrado, menina. Não pare!". Fico pensando nas palavras dela...

Depois de ouvir essas palavras, se eu tivesse tido coragem, teria dito: "Não sabemos nem se estaremos aqui, dialogando através das nossas telas, daqui a dois meses!". Mas não posso, não tenho o direito de matar os sonhos dos outros, mesmo que eles signifiquem uma volta ao passado. Talvez eu possa dizer: "Meus caros... Mesmo que o passado retorne, nada garante que todos os belos olhos estarão presentes".

Quem sabe no próximo encontro remoto a coragem aparece e eu resolva dizer que até as belas possibilidades de vida estão sujeitas ao fluxo, à finitude. Creio que pensar sobre a finitude de tudo que existe tenha sido o tormento de Nietzsche, leitor de Ésquilo. Mas isso é apenas uma hipótese que levanto, torturado e inspirado pela pandemia e pelas aulas remotas nesta fria madrugada do dia 15 de abril de 2021.

A VOLTA

O absurdo que a pandemia tem causado em alguns amigos é ter transformado as suas expectativas de futuro num grande sonho de reencontro com o passado; um retorno ao lugar onde "supostamente paramos" é o que desejam. Compreensível esse desejo. Percebo que, para muitos, o reencontro com o passado é o sonho de futuro, ou melhor, esperam que o mundo ande para trás, mas a realidade passada não pode ser reencontrada, pois o mundo não para, assume outros contornos, e querer um retorno é iludir-se, é conceber uma história que seja circular. A história não volta, impossível retornar, porque a pandemia levou muitos sujeitos que fizeram parte da nossa vida.

Faço um apelo então: imaginem se o retorno fosse possível, se concretizássemos esse sonho. Será que reencontraríamos todos que habitaram o nosso passado? Não. Por isso não há volta, não é possível retornar ao ponto de partida. E quanto ao futuro, creio que só existem incertezas. Por isso faço outro apelo: é melhor repensarem os sonhos, porque o passado desejado é um lugar desabitado. A pandemia levou nossos entes e continuará sua marcha, despovoando o passado.

Eu sigo aqui, pensando que impulso é esse que me leva a escrever e a despejar palavras. Transpiro, vomito letras, ou elas transbordam sem permissão, não sei. Imagino que os sentimentos que abrigo jorram sem pedir licença. Ou será que abrigo em mim uma cachoeira cansada, que não respeita as pedras que a cercam e insiste em jorrar letras? Uma cachoeira que despeja palavras tristes, mofadas, sem sentido, sem máscaras pueris, apodrecidas pelo tempo. Tempo que aparenta não ter futuro, não ter abraços, um olhar malicioso ou um mero aperto de mãos. Tempo que se converteu numa caverna vazia, com camas vazias. O que será isso? Será que não há respostas? Nem hipóteses que possam ser confirmadas?

Converto em resposta as palavras de um amigo: "Não existem barragens que segurem a violência das águas em fúrias".